KB063376

武人還生

무인환생

무인환생 5

2023년 4월 7일 초판 1쇄 인쇄
2023년 4월 12일 초판 1쇄 발행

지은이 윤신현
발행인 강준규

기획 이기헌 왕소현 박경무 강민구 조익현
책임편집 금선정
마케팅지원 이원선

발행처 (주)로크미디어
출판등록 2003년 3월 24일
주소 서울시 마포구 마포대로 45 일진빌딩 6층
Tel (02)3273-5135 **Fax** (02)3273-5134
홈페이지 rokmedia.com **E-mail** rokmedia@empas.com

ⓒ 윤신현, 2023

값 9,000원

ISBN 979-11-408-0605-8 (5권)
ISBN 979-11-408-0600-3 04810 (세트)

ROK
MEDIA
로크미디어

武人還生

5

윤신현 신무협 장편소설　무인환생

차례

제37장 사천당가에서 생긴 일

춘절을 맞아 북적북적한 외원과 달리 사천당가의 내원은 비교적 한적했다.

허락받은 이들만 출입이 가능한 내원이다 보니 상대적으로 조용했던 것이다.

그런 내원에서도 심처라고 할 수 있는 죽림(竹林) 아래 한 명의 노인이 뒷짐을 지고 서 있었다.

묘한 표정을 지은 채로 말이다.

"어디 가주가 호언장담할 정도의 실력자인지 확인해 볼까."

손녀들이 도착했다는 소식을 듣기 무섭게 이곳으로 온 노인이 기운을 풀었다.

나름의 방법으로 시험해 보는 것이었다.

과연 당군성이 말한 정도의 실력자인지 확인하기 위해 노인은 딱 자극할 정도로의 기운만 흘렸다.

일정 수준이 되어야지만 느낄 수 있도록 은밀하게 말이다.

"이걸 느낀다면 이리로 오겠지. 하지만 아무런 반응이 없다면 그 정도 실력자는 아닌 게지."

노인이 장담하듯 말했다.

제삼의 선택지가 없는 건 아니지만 만약 자신의 기운을 인지했다면 무시하기는 힘들 터였다.

기감을 귀찮을 정도로 자극하는 수법이기에 무시하려고 해도 무시할 수 없었다.

아예 처음부터 느끼지 못했다면 모를까.

휘이익!

그 사실을 증명하듯 하나의 신형이 죽림을 향해 빠르게 날아왔다.

허공을 시원하게 가르며 정확히 그를 향해 다가왔던 것이다.

그 모습에 노인의 눈동자에 이채가 서렸다.

"장난은 그만하시죠."

"허어, 가주의 말이 빈말이 아니었군. 사실 믿지 않았었는데."

바닥에 착지한 석진호를 보며 노인이 진심으로 의외라는

무인환생

듯이 말했다.

사실 그는 아들의 말을 곧이곧대로 믿지 않았다.

딸의 목숨을 구해 주었기에 으레 하는 칭찬으로 들었던 것이다.

하지만 이렇게 앞에 나타나자 노인은 아들의 말을 믿을 수밖에 없었다.

"사천당가에서는 손님을 이런 식으로 환영합니까?"

"기분 상했다면 정식으로 사과하겠네. 하지만 할아비로서 어쩔 수 없었다는 점도 알아주었으면 좋겠네."

집요하고 살벌했던 기세와 달리 노인은 한참이나 어린 석진호에게 정중하게 사과했다.

무림의 후배가 아닌 한 명의 무인으로서 대우를 해 주었던 것이다.

게다가 예상이 맞다면 노인은 굳이 그에게 사과를 하지 않아도 되는 신분이고 위치였다.

"확인할 방법은 많다고 생각합니다만."

"대신 이렇게 조용히, 단둘이 대화를 나누기는 힘들었겠지. 보아하니 내가 누군지는 알고 있는 거 같고."

"이미 밝히시지 않았습니까."

"음? 그랬나? 허허허! 이거 내가 나이를 먹어서 그런가. 가끔 깜빡깜빡할 때가 있어."

노인이 능청스럽게 웃었다.

다 알면서도 일부러 저러는 게 눈에 훤히 보였기에 석진호
는 코웃음을 흘렸다.

그런데 노인은 그런 석진호의 반응에도 전혀 기분 나빠하
지 않았다.

오히려 두 눈을 반짝이며 말을 이었다.

"정식으로 소개하지. 당천광이네."

"석진호입니다."

"이거 이거, 내가 단단히 미움을 산 모양이군."

짧고 건성으로 인사하는 석진호의 모습에 당천광이 입맛
을 다셨다.

아무래도 첫 단추를 단단히 잘못 끼운 것 같아서였다.

"이해는 합니다. 태상가주님 말씀대로 할아버지라면 충분
히 그럴 수 있지요. 하지만 방식이 너무 무례했습니다. 그럼."

기분 나쁜 티를 풀풀 날리며 석진호가 다시 한번 포권하고
는 몸을 돌렸다.

딱 자기 할 말만 하고 왔던 길을 되돌아갔던 것이다.

-잡아 올까요?

순식간에 멀어지는 석진호의 뒷모습을 보고 있을 때 그의
귓전으로 은은한 노기가 서린 전음이 들려왔다.

평생 동안 그를 보필했던 수하이자 친우의 전음이었다.

"허허! 아무리 자네라도 그건 힘들 걸세."

-……그게 무슨 말씀이십니까?

武人還生
무인환생

당혹스러움이 가득 담긴 대답이 들려왔다.

마치 당천광의 말에 수긍할 수 없다는 듯이 말이다.

"군성이가 잘못 봤어. 저 녀석은 무린이와 비교할 만한 녀석이 아냐."

─그게 무슨 말씀이십니까?

"무슨 말이긴. 무린이와 같은 선상에 놓을 수준이 아니라는 뜻이지. 아마 가주와 붙어도 크게 밀리지 않을 게야."

─예에?

지금껏 열 번도 채 듣지 못한 경악성이 귓전으로 파고들었다.

하지만 충격은 그보다 당천광이 훨씬 더 컸다.

괜히 그가 석진호에게 사과한 것이 아니었다.

그의 사과를 받을 만한 자격이 있기에 먼저 사과한 것이었다.

'대체 어디서 저런 괴물이 나타났을꼬.'

당군성이 말하길 육룡조차도 아래로 내려다볼 천재라고 했다.

심지어 그 육룡에는 그의 손자이자 당군성의 아들인 당무린도 있었는데 말이다.

그런데도 당군성은 조금의 고민도 없이 석진호가 더 뛰어나다고 말했다.

'말도 안 되는 소리라고 했는데, 그것조차도 과소평가한

것일 줄이야.'

사실 처음 아들의 말을 들었을 때 그는 믿지 않았다.

손자라서가 아니라 당무린은 당가 역사상 손꼽히는 재능의 소유자였다.

또한 재능에 먹혀 버리기보다는 성실하게 수련하는 노력파이기도 했다.

그러나 석진호와 비교하면 빛을 잃었다.

"가주가 우리 손녀들을 놔두고 올 만해, 허허허허!"

처음 죽림을 찾았을 때와는 확연히 다른 얼굴로 당천광이 함박웃음을 터트렸다.

저 정도라면 그도 충분히 인정할 수 있었다.

물론 순순히 받아 줄 마음은 없었지만 말이다.

여기까지 온 이상, 직접 마주한 이상 그는 정확하게 확인할 생각이었다.

한편 제대로 쉬지도 못하고 숙소로 돌아온 석진호는 침상에 누워 보지도 못하고 방을 나서야 했다.

가주인 당군성이 보자는 전언을 보내왔기에 앉기 무섭게 일어나야 했던 것이다.

"방은 어떠세요?"

"괜찮네요."

"……그게 다예요?"

무인환생

안내 겸 다 같이 인사하기 위해 당하린과 함께 비현각을 찾은 당아린이 얼빠진 표정을 지었다.

다른 곳도 아니고 사천당가의, 그것도 내원 중 선택받은 이들만이 머물 수 있는 곳이 바로 비현각이었다.

그런데 석진호는 그런 대단한 곳을 배정받았음에도 불구하고 딱히 놀란 기색이 없었다.

다른 이야 그 사실에 대해 잘 모른다고 하더라도 석진호는 아닐 텐데 말이다.

"좋은 곳을 배정해 주셔서 감사합니다. 덕분에 편히 쉴 수 있겠네요."

"……영혼이 정말 눈곱만큼도 없네요."

"우와! 엄청 좋아요! 이런 반응을 기대하셨던 겁니까?"

"칫! 짜증 나!"

욕을 하고 싶었지만 여기는 시골의 승천무관이 아니었다.

곳곳에 부친의 눈과 귀가 있기에 당아린은 분한 얼굴을 하며 발로 땅을 찍었다.

하지만 그녀의 그런 반응에도 석진호는 여전히 심드렁한 표정이었다.

"너는 매번 지면서 왜 그래? 관주님 성격을 모르는 것도 아니고."

"매번 지는 것 같아서 그러지!"

"그냥 넘어가면 될 일을 괜히 키우니까 그렇지."

"쳇쳇!"

입술을 삐죽 내미는 동생의 모습에 당하린이 옅게 웃으며 석진호를 돌아봤다.

그런 그녀의 두 눈에는 따스함이 듬뿍 담겨 있었다.

"가주전으로 안내해 드릴게요. 따라오세요."

"예."

"그, 근데 저희도 가나요?"

"물론이지. 너희도, 객잔주님도 엄연히 손님이잖니."

의외로 덤덤한 탁윤, 정마륭과 달리 사천당가의 주인을 만나러 간다는 사실에 채소설과 채소강 남매는 긴장했다.

사천당가의 장원이야 석진호와 함께이기에 놀라고 신기해하기는 해도 크게 부담이 되지는 않았다.

그러나 사천당가주를 만나는 건 다른 문제였다.

"저희는 그냥 처소에 있는 게……."

"여기까지 왔는데 우리 아빠한테 인사는 드려야지. 안 그래?"

"어, 아가씨께서 그리 말씀하시니 또 그렇기는 한데……."

채소설이 어쩔 줄을 몰라 하며 오라비와 소하정을 번갈아 쳐다봤다.

하지만 종착지는 석진호였다.

"긴장할 거 없어. 싸우러 가는 것도 아니고 인사하러 가는 건데. 아마 오늘 마주치는 게 처음이자 마지막일 수도 있

무인환생

어.”

“알겠어요.”

“나도 가니까 긴장하지 마. 그리고 처음 보는 것도 아니잖아? 승천무관에서도 봤으면서 뭘 그래.”

“그래도 집에서 마주치는 거랑은 다르니까요.”

“걱정하지 마. 진짜 별거 없으니까. 가죠.”

바짝 긴장한 채소설을 달래 준 석진호는 이내 당하린을 쳐다봤다.

그 시선에 당하린이 곱게 웃으며 앞장서기 시작했다.

잠시 후 석진호 일행은 사천당가의 주인이 머무는 가주전에 도착했다.

“두 분 아가씨와 승천무관주께서 오셨습니다.”

“들여보내도록.”

시비의 말과 함께 안쪽에서 익숙한 목소리가 들렸다.

바로 당군성의 목소리였다.

그런데 가주전에는 그 혼자만 있지 않았다.

곱게 세월을 머금은 중년 미부와 새하얀 피부가 인상적인 잘생긴 청년 한 명이 당군성과 함께 있었다.

“아빠!”

문이 열리기 무섭게 당아린은 당군성을 향해 몸을 날렸다.

막내딸다운 애교와 함께 당군성에게 안겨 들었던 것이다.

그 모습에 근엄한 표정이 삽시간에 사라지며 당군성이 헤벌쭉 웃었다.

가주로서는 깐깐하기 그지없는 그였지만 그 역시 한 명의 아버지였다.

"어이쿠! 다 큰 처녀가 이렇게 달려들면 안 되지."

"그래서 싫어요?"

"허허허!"

한달음에 달려와 품에 안기는 당아린이 혀를 쏙 내밀며 말하자 당군성이 너털웃음을 흘렸다.

당연히 싫지 않아서였다.

세상의 어느 아빠가 딸의 이런 애교를 싫어할까.

오히려 안아 주지 않아서 서운한 쪽이 훨씬 더 많았다.

"그간 강녕하셨는지요."

반면에 쌍둥이 언니인 당하린은 어른스럽게 그와 엄마 그리고 오빠에게 인사했다.

그야말로 극과 극의 모습이었으나 세 사람 다 이런 광경이 익숙했기에 웃으며 인사를 받아 주었다.

"하린이도 잘 지냈느냐?"

"다 알고 계실 거라 생각하는데요."

"그래도 직접 듣는 거랑 다르지."

흠칫 놀라는 당군성을 도와주듯 부인인 부약설이 부드럽게 웃으며 입을 열었다.

그러면서 그녀는 슬쩍 석진호를 쳐다봤다.

말로는 수도 없이 들었지만 이렇게 마주하는 건 처음이었기에 그녀는 호기심이 가득한 눈빛으로 석진호를 바라봤다.

"처음 뵙겠습니다. 석진호라고 합니다."

"소, 소하정이에요."

"탁윤입니다."

"안녕하십니까! 정마룡입니다!"

과하지도, 그렇다고 모자라지도 않은 석진호의 인사를 시작으로 일행이 차례대로 인사했다.

그 모습에 부약설 역시 정중하게 포권을 해 왔다.

"반가워요. 부약설이라고 해요."

"처음 뵙겠소이다, 당무린이오."

부약설에 이어 지금껏 조용히 있던 당무린도 포권을 하며 인사를 해 왔다.

그런 그를 향해 석진호도 마주 인사하고는 자리에 앉았다.

"우선 석가장이 아니라 본가의 초대를 받아 주어서 고맙네. 사실 초대장을 보내고도 안 올 가능성이 크다고 생각했거든."

"본가와는 사이가 썩 좋지 않다는 걸 아시지 않습니까."

"그래도 피는 물보다 진한 법이지. 게다가 석가장의 가장 큰 어른과 현 석가장주가 자네를 중히 여기지 않나."

"그래 봤자 이미 배는 떠난 상태지요."

사천당가에서만 맛볼 수 있는 특별한 약차를 한 모금 들이

켜며 석진호가 대답했다.

그런 그를 당군성은 지그시 쳐다봤다.

"배는 결국 다시 나루터로 돌아오기 마련이지."

"그렇긴 합니다만 꼭 떠난 나루터로 돌아가라는 법은 없지요."

"고집은."

당군성이 피식 웃었다.

성숙해 보여도 역시 아직은 젊은 것 같아서였다.

"자업자득이라고 해 두죠."

"그나저나 천년자패를 하나 더 구했나? 달라져도 너무 달라진 것 같은데?"

당군성의 두 눈이 날카롭게 빛났다.

고작 일 년도 안 된 사이에 너무 많이 달라진 것 같아서였다.

특히 공력이 말도 안 되게 심후해진 모습에 당군성은 내심 놀라며 물었다.

"운 좋게 비슷한 걸 하나 얻었습니다."

"허!"

"아직 제 운이 조금 남아 있었나 봅니다."

"그 운, 조금 남아 있으면 본가에도 나눠 주지 않겠나? 내 값은 후하게 치러 줄 수 있는데."

당군성이 자기도 모르게 고개를 앞으로 내밀었다.

무인환생

현재 천년자패를 구할 수 있는 사람은 적어도 그가 알기로 석진호가 유일했다.

더구나 당하린의 경우를 생각하면 천년자패나 천년홍패, 천년백패의 내단을 가지고 있어서 나쁠 건 전혀 없기에 당군성은 눈을 번뜩였다.

"장담할 수가 없는 일이라 확실하게 대답드리기가 어렵습니다."

"알지, 내 잘 알지. 그런 귀물은 하늘이 내려 주어야 얻을 수 있는 것이니까. 다만 만약 천 년짜리를 구하게 된다면 나를, 아니 본가를 생각해 달라는 말이네. 장담컨대 그 어느 곳보다 비싸게 살 의향이 있으니."

당군성은 집요하되 부담을 주지는 않았다.

딸의 일만 하더라도 선조의 보살핌이 알게 모르게 작용했을 터였다.

거기에 석진호가 지닌 운이 더해진 것이고.

그렇기 때문에 당군성은 독촉하지 않았다.

"기억해 두겠습니다."

"허허! 그래. 그거면 되네."

사천당가를 우선적으로 생각해 보겠다는 말에 당군성은 흡족한 미소를 지었다.

반면에 옆에 앉아 있던 부약설은 두 사람의 대화를 조용히 경청했다.

특히 석진호의 대답을 말이다.

'보통이 아니라고 하더니.'

대면한 건 이번이 처음이었지만 그럼에도 그녀는 석진호가 낯설지 않았다.

남편은 물론이고 당군명이 하도 칭찬을 했기에 석진호에 대해서 상당히 많은 걸 들었다.

그런데 직접 보니 과연 두 사람이 입을 모아 칭찬할 만했다.

이제 겨우 열아홉 살인데도 석진호는 오대세가의 일좌를 차지하고 있는, 그뿐만 아니라 쌍존삼왕오절 중 당당히 삼왕의 한자리를 차지하고 있는 그의 남편을 상대로 조금도 기죽지 않았다.

오히려 남편이 되레 눈치를 살피는 듯한 모습에 그녀는 자기도 모르게 입가에 미소를 띠었다.

어째서 당군성이 저런 모습을 보이는지 그녀에게는 훤히 보여서였다.

'어차피 정략결혼을 시켜야 한다면, 하린이가 호감을 가진 상대에게 보내는 게 낫지.'

명문 세가 여식들의 미래는 정해져 있었다.

가문을 위해 속된 말로 팔려 나가는 일이 다반사인 만큼 부약설도 어느 정도는 각오하고 있었다.

두 딸 역시 마찬가지일 터였고.

무인환생

때문에 그녀는 어쩔 수 없이 보내야 한다면 이왕이면 딸이 좋아하는 사람에게 보내고 싶었다.

'그게 정말 어려운 일이지만, 또 불가능한 건 아니니까.'

더욱이 석진호는 그녀의 큰딸인 당하린의 목숨을 구해 준 은인이었다.

사경을 헤매던 딸에게 천년자패라는 엄청난 보물을 선뜻 구해 준 이였기에 부약설은 따뜻한 눈빛으로 석진호를 쳐다봤다.

정작 석진호는 남편과 대화하느라 정신이 없었지만 말이다.

'다 컸네.'

남편과 대화하는 석진호를 살뜰히 챙기는 당하린의 모습에 부약설은 자기도 모르게 미소를 지었다.

소녀였던 딸이 이제는 어엿한 여자가 된 것 같아서였다.

그에 반해 막내는 괜히 막내가 아니라는 듯이 여전히 어린아이였다.

'가족을 챙기는 것도 마음에 들고.'

대개 남자들은 큰일을 한다며 가정에 소홀해지는 경향이 있었다.

물론 그럴 수밖에 없다는 걸 그녀도 알았다.

하지만 이왕이면 가정도 챙겼으면 하는 게 여자의 마음이었기에 그 부분에서 부약설은 석진호에게 후한 점수를 주었다.

당아린은 늘 서신에다 남자가 야망이 없다고 불평불만을 적어 댔지만 말이다.

'능력도 없이 나대는 것보다는 훨씬 낫지. 아니, 오히려 더 대단하지. 능력이 없는 것도 아닌데 은거하듯 조용히 살고 있으니까.'

이제는 조용히라는 말이 어울리지 않을 지경이 되었지만 승천무관이 개관한 지 이제 겨우 일 년이 조금 넘었다는 걸 생각해야 했다.

'그나저나 무린이가 걱정이네.'

부약설의 시선이 슬그머니 장남에게로 향했다.

아무래도 석진호가 부상될수록 당무린이 가려질 수밖에 없어서였다.

하지만 그 또한 강호인이라면 견뎌 내고 버텨 내야만 했다.

'힘내라, 아들아.'

남편이 직접 당무린보다 석진호가 위라고 말했기에, 그게 농담이 아니라는 사실을 너무나 잘 알았기에 부약설이 마음 속으로 응원했다.

모든 이들이 석진호가 대단하다고 해도 그녀는 당무린의 편이었다.

'반박귀진인가.'

부약설의 마음을 아는지 모르는지 당무린은 석진호를 살펴보기 바빴다.

자신보다도 더한 재능이라고 들었기에 석진호를 샅샅이 살펴봤던 것이다.

하지만 그의 눈으로는 석진호의 경지가 좀처럼 가늠되지 않았다.

'아무리 나보다 위라고 하지만 이 정도일 리는 없는데?'

부친이 단칼에 자신보다 강하다고 했지만 당무린은 시기심을 갖거나 질투하지 않았다.

애초에 자신이 최고라고 생각하지 않아서였다.

육룡 중에도 그와 비견되는 인물이 둘이나 있었다.

거기에 석진호 한 명이 더 추가된다고 해서 달라질 건 없기에, 더구나 석진호는 사적으로 여동생을 구해 준 이였기에 오히려 고마움을 가졌으면 가졌지 질투심은 없었다.

다만 문제는 석진호의 수준이 어느 정도인지 알 수가 없다는 점이었다.

'설마 검룡보다도 훨씬 윗줄이라는 건가?'

당무린이 미간을 좁혔다.

유력한 추측이 순간 떠올랐으나 이내 그는 그 생각을 털어냈다.

아무리 그래도 그건 말이 안 된다고 생각해서였다.

천재라는 족속들이 아무리 괴물에 비견된다고 하지만 그래도 정도라는 것이 있는 법이었다.

"무린이가 자네에게 관심이 아주 많은 모양이야."

"한창 그럴 때이긴 하죠."

"무린이는 자네보다 한 살이 더 많아."

"제가 아는 사람들이 그러더군요. 나이는 숫자에 불과하다고."

"……그런 의미로 사용할 법한 말은 아닌 거 같은데."

당군성이 실소를 흘렸다.

그리고 그건 앉아 있던 다른 이들도 마찬가지였다.

소하정을 비롯해서 승천무관 식구들은 그러려니 했지만 부약설과 당하린은 손으로 입을 가리고서 웃었다.

"실례가 안 된다면 한 수 가르쳐 주실 수 있겠습니까?"

"아무래도 무린이가 몸이 달아오른 모양이야. 뭐, 이해가 안 가는 건 아니지. 한창 혈기 왕성할 때이니까. 오히려 자네가 독특한 셈이지."

"보통은 말려야 하는 거 아닙니까? 여기는 가주전인데."

정중하게 비무 신청을 하는 당무린을 일별하며 석진호가 당군성을 쳐다봤다.

하지만 당군성은 그의 시선에 히죽 웃었다.

"뭐 어떤가. 이곳의 주인이 나인데."

"……가주님이 누굴 닮았나 했는데 태상가주님을 닮으셨

武人還生
무인환생

군요."

"피는 못 속이는 법이지."

뼈가 담긴 말에도 당군성은 여전히 웃었다.

마치 어째서 그런 말을 했는지 알고 있다는 듯한 얼굴로 말이다.

"지금 이 자리가 불편하시다면 다음에 하셔도 됩니다. 저는 언제라도 준비되어 있으니까요."

"이렇게까지 말하는데 설마 빼지는 않겠지? 천하의 벽풍 뇌호가 말이야."

당군성이 은근한 어조로 말했다.

자연스럽게 석진호의 자존심을 건드렸던 것이다.

"하죠. 어떻게든 저와 붙여 보려는 것 같은데."

"잘 생각했어. 사실 자극이 좀 필요했거든. 자네에게도 나쁜 경험은 아닐 테고."

나름 잘 숨기고 있었지만 당군성의 눈을 피할 수는 없었다.

속으로 승부욕을 불태우고 있다는 사실을 알았기에 당군성은 벌떡 일어나 두 사람을 가주전 내부에 위치한 연공실로 안내했다.

혼자 사용하는 연공실이지만 가주 전용이었기에 크기는 웬만한 연무장 못지않았다.

또한 실내에 있었기에 외부의 시선에 대해서는 걱정하지

않아도 되었다.

"무례할 수도 있는 부탁을 받아들여 주셔서 감사합니다."

적당한 거리를 벌리고 마주 선 당무린이 고개를 꾸벅 숙였다.

갑작스러운 요청에도 거절하지 않은 점에 대해 감사의 뜻을 전한 것이었다.

"어차피 해야 할 거면 일찍 하는 게 나으니까요."

"그럼 시작할까요?"

"예."

석진호의 대답과 함께 당무린의 눈빛이 달라졌다.

방금 전까지 예의 넘치던 눈빛은 사라지고 한 명의 무인만 남았다.

동시에 석진호의 신형이 움직였다.

강요 아닌 강요에 의한 비무인 만큼 빨리 끝내려는 것이었다.

'빠르다!'

무시무시한 속도로 짓쳐 드는 석진호의 모습에 당무린 역시 손을 뿌렸다.

이윽고 그의 손에서 네 개의 추혼비접(追魂飛蝶)이 기기묘묘한 궤적을 그리며 석진호에게 쇄도했다.

각기 다른 속도로 날아가 석진호의 진로를 방해했던 것이다.

무인환생

스르륵!

그러나 기괴한 추혼비접의 궤적만큼이나 석진호는 놀라운 보신경을 선보였다.

마치 미끄러지는 듯한 움직임으로 속도를 전혀 줄이지 않고 그대로 추혼비접을 피해 냈던 것이다.

"흡!"

예상과는 전혀 다른 석진호의 대응에 당무린이 대경하며 재차 팔을 휘둘렀다.

그러면서 그 역시 연신 보법을 밟았다.

일단은 석진호와 거리를 벌리려는 것이었다.

쌔애액!

소매에서 모습을 드러낸 배심정(背心釘)이 섬광처럼 석진호의 상중하 삼단을 노렸다.

달려드는 속도까지 감안하면 그야말로 벼락을 방불케 할 정도의 속도일 텐데도 석진호는 당황하지 않았다.

오히려 눈부신 발검술로 세 개의 배심정을 모조리 튕겨 내며 더욱더 거리를 좁혔다.

푸스스스.

그런데 그때 석진호의 눈썹이 미세하게 꿈틀거렸다.

예민한 그의 후각과 기감에 독이 파고드는 게 느껴져서였다.

'마비독의 일종인가.'

암기는 물론이고 독공까지 함께 펼치는 당무린이었으나 석진호는 그 점에 대해 절대 비겁하다고 생각하지 않았다.

이런 싸움이야말로 사천당가의 방식임을 잘 알아서였다.

그리고 이런 방식으로 싸워서 오대세가의 한자리를 차지했기에 석진호는 호흡은 물론이고 전신 모공을 닫으며 검을 휘둘렀다.

호신강기를 펼치는 것도 한 가지 방법이었으나 사천당가의 독 중에는 호신강기도 녹여 버리는 게 있었기에 석진호는 아예 호흡을 멈추고서 검을 크게 휘둘렀다.

후우우웅!

거세게 휘두르는 검로에 따라 석진호의 주위로 검풍이 거칠게 일어났다.

날아드는 독도 날려 버리면서 당무린의 접근도 막아 버리는 일석이조의 방법이었다.

그걸 당무린 역시 알아차린 모양인지 미간의 주름이 더욱 깊어졌다.

스으윽.

순식간에 독을 흩어 버린 석진호가 검을 휘둘렀다.

단 한 걸음에 이 장에 달하는 거리가 좁혀지며 석진호의 검이 당무린의 목을 노리고서 파고들었다.

그런데 흔한 검기조차 서리지 않은 검이었는데 그걸 본 순간 당무린은 전신의 솜털이 쭈뼛 섰다.

무인환생

동시에 반사적으로 양손에 비수를 꺼내 쥐고는 얼굴 앞에서 교차했다.

터엉!

그야말로 기가 막히다라는 말이 절로 떠오를 정도로 절묘한 방어였다.

하지만 당무린은 그걸 느낄 새가 없었다.

검극이 교차된 비수와 충돌한 순간 석진호의 검은 또 다른 궤적을 그렸다.

마치 충돌까지도 예상했다는 듯이 자연스럽게 미끄러지며 당무린의 오른손을 노렸다.

"흐읍!"

물 흐르듯이 자연스러운 공격에 당무린은 본능적으로 오른손을 내빼면서 왼손에 쥐고 있던 비수를 던졌다.

거리가 가깝다는 점을 이용해 예상치 못한 일격을 먹이려는 것이었다.

실패해도 견제 정도는 충분히 될 테고 말이다.

"어?"

한데 그의 예상과 달리 석진호는 검신을 이용해 비수를 튕겨 내고는 그대로 달려들었다.

물러날 시간을 주지 않겠다는 듯이 최소한의 움직임만으로 방어해 냈던 것이다.

따다다당!

삽시간에 간격을 좁힌 석진호는 말 그대로 폭격을 하듯 당무린을 몰아붙였다.

조금의 틈도 허락하지 않겠다는 듯이 맹렬한 기세로 검을 휘둘렀던 것이다.

심지어 하나같이 요혈 중의 요혈만 노리는 공격에 당무린은 속절없이 수세에 몰릴 수밖에 없었다.

까아앙!

"큭!"

게다가 당무린을 힘들게 하는 건 검초뿐만이 아니었다.

충돌하면 충돌할수록 검을 통해서 흘러들어 오는 진기가 그의 육신을 저릿저릿하게 만들었기에 되레 마비가 되는 쪽은 당무린이었다.

'숨도 안 쉬는 것 같은데……!'

아까 전 검풍을 크게 일으켰을 때 당무린은 알아차렸다.

석진호가 지금까지 무호흡으로 자신을 공격하고 있다는 사실을 말이다.

그런데 석진호는 숨이 가쁘지도 않은지 연신 그를 몰아붙였다.

'아니, 움직임이 격렬하지는 않아. 오히려 간결하게, 꼭 필요한 움직임만 하고 있어. 마치 극도의 효율을 뽑아내려는 것처럼!'

정신없이 방어하면서도 당무린의 눈은 확실하게 석진호에

무인환생

향해 있었다.

그가 움직이는 방향, 노리는 곳, 혹시나 보일지 모르는 빈 틈을 전부 살피며 당무린은 움직이고 있었다.

하지만 결국 중요한 것은 공격이었다.

공격을 성공시키지 못하면 승부에서 절대 이길 수 없었다.

쩌저적!

석진호의 파상 공세가 너무 격렬했던 탓일까.

역으로 쥐고 있던 비수가 결국 한계에 다다랐는지 균열이 빼곡하게 일어났다.

당무린의 진기를 가득 머금고 있었음에도 끝내 석진호의 검격을 버텨 내지 못했던 것이다.

그런데 그 순간 당무린이 기지를 발휘했다.

파바바밧!

석진호의 검이 파고드는 순간 일부러 두 개의 비수를 충돌 시켜 진기를 가득 머금은 채로 폭사시켰던 것이다.

일순 수십 개의 비수 조각들이 벌 떼처럼 석진호의 전신으로 쏟아졌다.

터터터팅!

그러나 갑작스러운 공격에도 석진호는 당황하지 않았다.

차분하게 호신강기를 일으켜 비수 파편들을 모조리 튕겨 냈다.

"하압!"

그런데 그때 당무린이 쇄도했다.

오른손에 독강(毒罡)을 일으키고서 석진호를 향해 달려들었던 것이다.

콰아앙!

하지만 공기마저 녹여 버리던 독강도 석진호의 검강에는 속수무책으로 박살 났다.

밀도 자체가 다르다는 듯이 충돌 직후 산산조각 나며 허공에 흩어졌다.

"쿨럭!"

동시에 당무린이 시뻘건 피를 토했다.

검강과 충돌하자 내부가 진탕된 것이었다.

"오빠!"

"나, 나는 괜찮다. 살짝 진탕된 정도야."

주저앉아서 피를 토하는 당무린을 향해 당아린이 뛰쳐나갔다.

그러나 그녀의 부축에도 당무린은 손을 저으며 스스로 일어났다.

피를 토하기는 했지만 울혈을 토한 것이기에 개운하면 개운했지 고통은 없었다.

당아린을 저지한 당무린은 마지막까지 정중하게 석진호를 향해 포권했다.

"많이 배웠습니다, 석 소협."

武人還生
무인환생

"고생하셨습니다."

소매로 입가를 슥 닦은 당무린이 씨익 웃었다.

그런 그의 얼굴에는 분한 기색이 조금도 서려 있지 않았다.

오히려 두 눈을 반짝이며 석진호에게 다가갔다.

비무는 끝났지만 무에 대한 대화를 나누고 싶었던 것이다.

"후후."

그 모습에 당군성이 흡족한 미소를 머금었다.

역시나 예상했던 대로 좋은 방향으로 흘러간 듯해서였다.

정작 석진호는 얼굴 가득 귀찮은 티를 냈지만 말이다.

아기자기한 소품들로 꾸며진 방 안에 세 여인이 마주 보고 앉았다.

작은 원형 다탁을 사이에 두고서 담소를 나누었던 것이다.

"많이 놀란 표정이던데."

"그럼 안 놀라겠니? 아들이 그렇게 처참하게 졌는데."

"에이, 또래 중에서 처음 깨진 것도 아닌데. 검룡 남궁 소 협한테도 처음에는 완전 박살 났잖아. 그때 표정이 아직도 난 선명하게 기억나."

"육 년 전 일은 이제 그만 잊을 때도 되지 않았니? 혹여 오빠 앞에서 그 얘기는 하지 말고. 안 좋은 기억은 잊거나 흘려보내는 게 가장 좋아."

부약설이 살짝 나무라듯이 말했다.

굳이 상처에 가까운 기억을 떠올리게 만들 필요는 없다고 생각해서였다.

"나도 어린애 아냐. 그 정도로 생각이 없지는 않아."

"흐음."

당아린의 대답에 부약설은 물론이고 조용히 경청하고 있던 당하린도 고개를 갸웃거렸다.

아직은 저 말에 순순히 긍정할 수가 없어서였다.

그러다가 두 사람은 서로를 마주 보고는 피식 웃었다.

"뭐야, 그 반응은? 설마 내가 아직도 그렇게 보인다는 뜻이야?"

"그건 네가 가장 잘 알고 있지 않을까? 찔린다면 다 이유가 있는 거겠지?"

"오랜만에 봤는데 이럴 거야?"

당아린이 입술을 삐죽 내밀며 소리쳤다.

하지만 그녀의 투덜거림에도 부약설은 빙그레 웃었다.

같이 살았을 때는 이런 게 일상이었기에 오히려 반가운 느낌이 들어서였다.

"아린이 말대로 진짜 오랜만 같다. 떨어져 지낸 건 반년 남짓인데 왜 난 일 년은 훌쩍 넘은 거 같지? 딸 둘이 한꺼번

무인환생

에 나가서 그런가?"

"온 김에 아린이는 남겨 두고 갈게요."

"그걸 왜 언니가 결정해?"

짐짓 외롭다는 듯이 말하는 부약설을 향해 당하린이 기다렸다는 듯이 말했다.

안 그래도 본가에 온 김에 그녀는 당아린을 남겨 둘 생각이었다.

이제 승천무관에 지내는 것도 적응이 되었으니 혼자 있어도 될 것 같아서였다.

그런데 그 말에 당아린이 발끈했다.

"본가에 남는 게 낫지 않겠어? 화려한 성도의 생활이 많이 그리웠을 텐데."

"아무리 그래도 언니 혼자 남겨 둘 수는 없어. 여자 혼자 외간 남자의 집에 있겠다니. 엄마도 그렇게 생각하지?"

"오늘 보니까 혼자 있어도 될 것 같은데? 자연스럽게 신혼 살림을 차리는 것도, 뭐. 아빠도 내심 그걸 바라는 거 같기도 하고."

부약설이 묘한 눈웃음을 지으며 말했다.

그런데 그 말에 당하린은 별다른 반응을 보이지 않았다.

경기하듯 소리치는 당아린하고는 너무나 비교되게 말이다.

"뭐라고?"

"석가장이면 나름 명문가이고. 승계권이 없는 서출이지만 그건 달리 말하면 데릴사위가 가능하다는 뜻이잖아? 능력이야 두말할 필요도 없고. 무린이도 압도하는데 다른 육룡이라고 다를까? 내가 보기에는 검룡도 어렵지 않게 제압할 거 같던데."

"그건 예전부터 알고 있었어요. 공동파의 일대제자를 때려잡는 것도 봤는데요."

마치 지아비를 칭찬하는 말에 흐뭇해하는 것처럼 당하린이 싱긋 웃었다.

세간에는 공동파의 무공과 상극이었다, 혹은 꼼수를 부렸다는 말들이 있지만 그게 개소리라는 걸 당하린은 너무나 잘 알았다.

석진호 혼자서 다 때려잡는 걸 직접 봤기 때문이다.

그녀뿐만 아니라 당아린 역시 함께 봤고.

"어머어머, 얘 좀 봐. 벌써부터 챙기는 거야?"

"당연하죠. 그러려고 제가 간 건데요."

"그 짧은 시간에 너무 흠뻑 빠진 거 아니니? 나는 좀 걱정이 되는구나."

부약설이 살짝 우려를 드러냈다.

그녀가 보기에는 서로가 아니라 당하린만 일방적으로 그렇게 생각하는 것 같아서였다.

"내 말이 그 말이야. 여자는 좀 내숭도 부리고, 어? 튕기기도 하고 그래야 하는데. 너무 잘해 주고, 다 퍼 주고, 다 드러내고."

언제 싸웠냐는 듯이 당아린이 이번에는 엄마 편을 들었다.

안 그래도 그 부분에 대해서 그녀 역시 답답한 게 있어서였다.

"석 관주는 너뿐만 아니라 나에게도, 그리고 가문에도 은인이란다. 그 부분은 모두가 알고 있지. 그래서 네가 승천무관에 직접 가서 보필하며 보은하겠다는 말에도 크게 말리지 않았던 것이고. 하지만 보은하는 것과 남녀가 혼인하는 건 완전히 다른 문제야. 더구나 석 관주가 오 년이라는 시간을 갖자고 하지 않니. 그 말은 본인에게도 시간이 필요하다는 뜻이야. 성격이 신중하다는 뜻이고."

"내가 보기에는 그냥 귀찮아하는 거 같던데."

"넌 너무 직설적이야. 어릴 때부터 누누이 말했지만 아린이 너는 완곡한 표현을 배울 필요가 있어."

"이게 성격인 걸 어떡해?"

당아린이 새침하게 고개를 휙 돌렸다.

하지만 이러는 게 한두 번이 아니었기에 부약설도 더 이상 뭐라 하지 않았다.

"잠깐 끊어졌지만 아린이의 말도 일리가 있어. 나도 오늘 비슷한 느낌을 받았고. 엄마이자 인생 선배로서 조언을 하자면 한쪽이 너무 서두르는 건 좋지 않아. 역지사지라고 반대로 생각해 보자. 하린이 너는 아직 호감이 없는 남자가 무작정 잘해 주면 기분 좋아?"

"……싫다기보다는 부담스럽죠."

"그걸 너와 석 관주에 대입해 봐. 어때? 반응이 비슷하지 않아?"

"기가 막힌데?"

"쫌!"

부약설의 엄한 눈빛에 당아린이 입맛을 다셨다.

하지만 더 이상 입을 열지는 않았다.

"비슷……하네요."

"싫어하지 않는다고 해서 그게 좋아한다는 건 아니야. 그걸 알아야 해. 물론 나는 너희가 언젠가 한 번쯤은 겪을 일이라고 생각하기는 했지만. 근데 한편으로는 그걸 끝까지 몰랐으면 싶었어. 나는 너희가 늘 사랑받기를 원했거든. 상처는 사람을 성숙시킨다고 하지만, 그렇다고 상처를 굳이 받을 필요는 없지. 너희는 그럴 자격이 있는 아이들이니까."

사랑이 가득한 눈빛과 목소리에 당하린, 당아린 자매가 본인도 모르게 미소를 지었다.

부약설의 마음이 절절히 전해져서였다.

"그러니까 나는 네가 조금은 신중하게 행동했으면 해. 너를 위해서도, 석 관주를 위해서도. 인간관계라는 게 무조건 잡아당긴다고 되는 게 아니거든. 잡아당길수록 도리어 더 멀어지려는 이도 있어."

"확실히 관주님은 그런 쪽이기는 하지. 근데 나는 언니 마음도 이해가 가. 경쟁자가 있거든."

"하북팽가의 도화 말이지?"

"역시 엄마도 알고 있었구나?"

"엄마가 사천당가의 안주인이야. 그 정도는 금방 알아낼 수 있어."

당아린이 짐짓 놀란 표정을 지었다.

설마하니 팽나연에 대해서까지 알고 있을 줄은 몰라서였다.

"아닌 척하면서 관심 많이 가지고 있었네."

"당연하지. 누구도 아닌 내 딸과 관련된 일인데. 그리고 내가 굳이 알아보지 않아도 아빠가 다 말해 줘. 아빠가 괜히 딸바보겠니?"

"하긴."

"도화가 아무리 천하절색이라고 해도 나는 우리 딸이 밀린다고 생각하지 않아. 빙기옥골(氷肌玉骨)의 피부며 여성스러운 성격까지. 여자는 미모가 다가 아니야. 미모만큼이나 성격이 중요하지. 그 부분에서는 도화보다 우리 딸이 훨씬 낫지. 더구나 요즘에 요리까지 배운다면서? 그럼 승부는 끝난 거나 마찬가지야. 외모로 비교해도 안 떨어지는데 매력에 능력까지 갖췄으니까."

부약설은 마치 준비라도 한 것처럼 당하린의 장점을 늘어놓았다.

그리고 그건 곧 효과를 봤다.

점차 시무룩해져 가던 당하린의 얼굴이 빠르게 밝아졌던 것이다.

"인정하기 싫은데 요즘 더 예뻐지기는 했어. 환골탈태라도 한 것처럼."

"피부는 너희 둘 다 타고났지. 이 엄마 덕분인 걸 평생 잊으면 안 돼. 게다가 이제는 무공도 도화 못지않잖아? 폐관수련을 하고 있다고 하지만 내가 보기에는 압도하면 압도했지 밀릴 것 같지는 않은데?"

부약설이 의미심장한 눈으로 두 딸들을 번갈아 쳐다봤다.

천년자패를 치료용으로 사용했다고 하나 영물이 천 년 동안 쌓아 온 내단의 기운이 결코 적을 리 없었다.

그렇기에 당하린은 현재 독에 중독되었을 때보다 몇 배는 더 강해진 상태였다.

거기에 자극을 받은 모양인지 사고뭉치 막내딸 역시 절정의 벽을 넘은 듯했기에 부약설이 흐뭇한 미소를 머금었다.

"지금 붙으면 지지는 않을 거예요."

"앞으로도 안 진다는 말 같은데?"

"제가 있는 곳이 승천무관이잖아요. 하수를 고수로 만들어 주는 곳에 있는데 제가 도태될 리가 없잖아요?"

武人還生
무인환생

"자신감 좋아. 바로 그 자신감으로 확 휘어잡는 거야. 다만 완급 조절을 하면서. 너무 잡아당기기만 해서는 안 돼. 이건 내가 써먹었던 거니까 믿어도 좋아."

당하린을 향해 부약설이 한쪽 눈을 찡긋거렸다.

그런데 그 말에 당하린은 다른 점을 읽었는지 눈을 크게 떴다.

"그 말씀은?"

"난 좋게 봤어. 천년자패의 일로 보아 너와도 인연이 있는 듯하고. 게다가 일단 가장 큰 산이라 할 수 있는 아빠도 반이상 넘어가 있는 듯하고."

"나는 반대야. 남자로서 야망이 없어!"

"아린이 말은 들을 필요도 없고."

부약설이 막내딸의 말을 도중에 끊었다.

당사자도 아닌 제삼자의 의견은 단지 의견일 뿐이었다.

결정은 당하린이 하는 것이었다.

"고마워요, 엄마."

"그렇다고 다 결정된 건 아니니까. 나중에 어떻게 될지는 아무도 몰라."

"그래도 엄마는 제 편이잖아요."

"늘 너희 편이었지."

부약설이 어느새 훌쩍 큰 당하린의 손을 잡으며 말했다.

원래부터 성숙했었지만 이제는 여인이 된 큰딸이 그녀는

대견하기도 하고 서운하기도 했다.

여인이 되었다는 건 달리 말하면 곧 품에서 떠난다는 뜻이기도 했으니까.

"아, 흑휘랑 삼랑이들 보고 싶다. 잘 지내고 있으려나."

화기애애한 둘과 달리 당아린은 아련한 표정을 지었다.

떨어진 지 며칠밖에 안 되었음에도 너무나 보고 싶어서였다.

"너 사실대로 말해 봐. 승천무관에 남아 있으려고 하는 게 그 아이들 때문이지?"

"당연하지. 아이들 보는 낙이 없었으면 내가 어떻게 황화현에서 버텨?"

"참, 나."

진심이 담긴 동생의 대답에 당하린이 피식 웃었다.

하지만 당아린은 언니가 그러거나 말거나 더욱더 그윽한 눈빛으로 허공을 응시했다.

武人還生
무인환생

제38장 할 거면 제대로. 다시는 쳐다보지 못하게

터엉! 터어엉!

이른 아침부터 비현각은 시끄러웠다.

오늘도 어김없이 수련을 시작한 세 명 때문이었다.

"흐합!"

정마룡과 탁윤이 늘 그렇듯이 일대일 대련을 하고 있었고, 그 옆에서는 채소강이 석진호가 가르친 무공을 수련했다.

마음 같아서는 채소강도 두 사람과 함께 어울리고 싶었지만 아직은 수준이 맞지 않아서 혼자 수련할 수밖에 없었다.

"머리를 굴려야지! 어떻게 하면 더 효율적으로 피할 수 있을지, 체력을 아낄 수 있을지, 공력 소모를 줄일 수 있을지를 끊임없이 생각해야 해! 윤이도 창의적으로 움직이려고 노력해!

아무리 방어력이 높아도 결국 끝은 있다! 제아무리 단단한 돌도 결국 더 강한 힘에는 부서지는 법이야! 외공을 맹신하지 말고 계속 움직이고 생각해! 상대의 수를 읽으란 말이야!"

"알겠습니다!"

"예!"

팔짱을 낀 채로 혹독하게 지적하는 석진호의 말에 정마륭과 탁윤의 눈빛이 달라졌다.

극한의 극한까지 몰아붙이는 말이었지만 누구 하나 투정 부리지 않았다.

석진호의 말에 따를수록 자신이 강해진다는 사실을 너무나 잘 알았기에 둘 다 지적을 허투루 받아들이지 않았다.

그리고 그 모습을 채소강이 부러운 눈빛으로 쳐다봤다.

'나도 곧⋯⋯!'

채소강은 특히 정마륭을 뜨겁게 바라봤다.

본인이 가진 재능의 한계를 뛰어넘고 있기에 채소강은 그를 본받으려고 했다.

자신도 노력해서 정마륭처럼 스스로의 한계를 뛰어넘고자 했던 것이다.

별 볼 일 없던 하인이 어느새 일류지경을 넘볼 정도로 강해졌기에 채소강은 더욱더 집중하며 검을 휘둘렀다.

"이거 놀라운걸. 자신의 한계를 뛰어넘는 건 결코 쉽지 않은 일인데. 아무리 운이 도와주었다고 해도 말이지."

"운발, 인맥발이라는 말이 괜히 있는 게 아니지요. 가문발도 있는데 이 정도 운발쯤이야."

"허허! 그래도 다행히 문전박대는 안 하는구먼. 사실 그것도 감안하고 왔는데."

"나가 달라고 하면 나가 주실 겁니까?"

자연스럽게 비현각으로 들어온 당천광을 쳐다보지도 않고 석진호가 말했다.

하지만 그 말에 당천광은 능글맞은 미소를 머금었다.

"여기가 어디인지 잊은 건 아니겠지?"

"그래서 가만히 있는 겁니다. 나가 달라고 해도 안 나갈 걸 아니까."

"어째 말이 점점 짧아지는 것 같은 느낌은 나의 착각이겠지?"

"물론이지요. 저 역시 명문 세가 출신입니다. 장사꾼 집안이라고 폄하하신다면, 할 말은 없지만요."

"석가장 정도면 충분히 명문 세가지. 암! 게다가 본가는 배경보다는 인물의 능력을 중요시한다네."

당천광이 의미심장한 눈빛으로 석진호를 쳐다봤다.

하지만 그 강렬하고 뜨거운 눈빛에도 석진호는 여전히 고개를 돌리지 않았다.

냉정한 눈으로 세 사람의 자세만 확인했던 것이다.

"둘 다 집중해! 서로만 바라봐!"

"예!"

"알겠습니다!"

"소강이도 확실하게! 지쳤다고 검극이 흔들리면 어떡하느냐! 네가 지쳤다고 상대방이 봐줄 것 같아?"

"죄송합니다!"

벼락같이 터져 나오는 지적에 세 사람이 정신을 퍼뜩 차렸다. 그리고 그 모습을 당천광이 뒷짐을 지고서 지그시 쳐다봤다.

정마룡이야 석진호의 말마따나 운발, 인맥발로 일류지경을 두드리고 있었으나 당천광은 그게 나쁘다고 생각하지 않았다.

명문 세가 출신들에 비하면 정마룡은 딱히 후광을 입었다고 보기 힘들었다.

'아무리 좋은 사부와 무공이 있다 하더라도 개인의 노력이 없다면 저렇게 강해지는 건 불가능하지.'

석진호라는 천재일우의 인연을 만났다고 하나 단순히 가르침과 무공이 뛰어나다고 해서 한계를 넘을 수 있는 건 아니었다.

특별한 재능을 타고났음에도 게으른 성격으로 인해 스스로의 재능을 꽃피우지 못하는 이들도 수두룩했다.

그에 비하면 정마룡은 칭찬받아 마땅했다.

뼈를 깎는 노력과 근성이 아니었다면 저 정도 수준에 오르

武人還生
무인환생

지 못했을 테니까.

'둘의 재능도 나쁘진 않군.'

보잘것없는 정마룡에 비하면 탁윤과 채소강의 재능은 나쁘지 않았다.

더욱이 정마룡을 저 정도로 성장시킨 석진호가 직접 가르치고 있는 만큼 절정까지는 무난히 오르지 않을까 싶었다.

현재 승천무관의 이름이 암암리에 퍼지는 이유가 바로 통곡의 벽을 넘을 수 있도록 도와주는 것이었으니까.

특히 성공률이 십 할이었기에 돈 보따리를 싸 들고 승천무관을 찾는 이들도 상당하다고 들었다.

'근데 정작 본인은 명성에 딱히 관심이 없어 보인단 말이지.'

매섭게 세 사람을 다그치는 석진호를 힐끔거리며 당천광이 입맛을 다셨다.

당아린의 서찰에도 적혀 있었지만 그가 직접 보기에도 석진호는 강호에 나갈 생각이 별로 없어 보였다.

언뜻 보기에 달관한 무인 같다고나 할까.

그런 분위기가 있었다.

'나이에 어울리지 않게 말이지.'

아직 약관도 되지 않은 석진호였다.

한데 풍기는 분위기나 말투는 노강호인을 방불케 했다.

그게 당천광은 이해가 가지 않았다.

'하지만 가장 이해가 안 가는 것은 바로 무공 수위지.'

강호에서는 천재라 불리는 장손조차도 석진호와 비교하면 달빛 아래 반딧불 정도에 불과했다.

그런데 당천광을 더욱 당황스럽게 하는 건 자신이 본 게 전부가 아닐 것 같다는 느낌 때문이었다.

수십 년 동안 강호를 구르며 얻은 직감이 그에게 말해 주고 있었다.

지금 보고 있는 게 전부가 아니라고 말이다.

'그런데 문제는 그걸 확인할 수가 없다는 거지.'

당천광이 답답한 표정을 지었다.

보이는 낌새가 한번 어울려 보자고 해도 단칼에 거절할 게 뻔했기에 그는 선뜻 입을 열 수가 없었다.

그렇다고 강압적으로 손을 쓰자니 뒷감당이 신경 쓰였다.

과거의 천대받던 서출이 아닐뿐더러 석풍표국도 있었고, 이유를 알 수는 없었지만 하북팽가 역시 석진호에게 호의적이었다.

'끄응! 내 마음대로 했다가는 하린이가 가만있지 않겠지.'

석가장, 석풍표국, 하북팽가 모두 대단한 곳들이었지만 당천광에게 있어 제일 무서운 건 당하린에게 미움받는 것이었다.

게다가 석진호는 금쪽같은 당하린의 목숨을 구해 준 은인이었다. 그렇다 보니 제아무리 당천광이라도 제 맘대로 하기는 힘들었다.

석진호가 먼저 운이라도 띄워 주지 않는 이상은 말이다.

무인환생

"다시!"

하지만 석진호는 그런 그의 속내를 정확히 읽고 있는 모양인지 그에게 시선 한번 주지 않았다.

오직 세 사람의 수련에만 신경 쓰는 모습에 당천광이 대놓고 한숨을 내쉬었다.

왠지 모르게 자신의 신세가 처량해진 것 같아서였다.

오후가 되자 사천당가를 찾아오는 손님들이 많아졌다.

춘절을 맞아 곳곳에서 인사하러 방문했던 것이다.

매년 있는 연례행사나 마찬가지인 만큼 사천당가 역시 그런 손님들을 위해 연회를 준비했다.

그리고 그 자리에는 석진호 일행도 있었다.

"이것 좀 드셔 보세요."

"아, 예."

"이건 전통 방식으로 만든 동파육인데 맛이 꽤 다를 거예요."

석진호의 옆에 앉은 당하린이 사천성에서만 맛볼 수 있는 음식들, 혹은 대표 음식들을 먹기 좋게 덜어 담았다.

본가에 온 만큼 사천성 특유의 음식들을 맛보여 주고 싶어서였다. 그러면서도 그녀는 소하정과 채소설을 챙기는 것도 잊지 않았다.

"어머어머, 이거 진짜 맛있다."

"역시 내륙 지방이라 그런지 육고기를 주로 쓰네요."

"아무래도 생선은 구하기가 힘드니까. 대신에 향신료를 기본적으로 많이 넣네."

"살짝 매콤해요."

당하린이 챙겨 주는 음식뿐만 아니라 두 사람은 원탁에 올라온 대부분의 음식을 맛봤다.

새로운 지역에 온 만큼 생소하면서 신기한 음식들이 많아서였다.

"음식은 어떠세요?"

"맛있네요."

"조금 매콤하시죠?"

"이 정도는 괜찮습니다. 사천성 음식이 이렇다는 건 대충 알고 있으니까요."

당하린이 안도의 한숨을 내쉬었다.

혹시나 입맛에 맞지 않으면 걱정했는데 다행히 크게 거슬리지는 않는 모양이었다.

고개를 돌려 보니 정마룡, 탁윤, 채소강 역시 잘 먹고 있었고.

'올해도 많이 찾아왔네.'

석진호가 조금씩 먹는 걸 확인한 후에야 당하린은 잠깐의

武人還生
무인환생

여유를 가질 수 있었다.

일행을 챙기다 보니 이제야 여유가 생겼던 것이다.

그런 그녀의 눈에 연회장을 찾은 많은 사람들이 들어왔다.

작년에 이어 올해도 많은 이들이 찾아왔는데 대부분은 그녀도 알고 있는 얼굴들이었다.

"오늘도 오빠의 인기는 대단하네."

"응?"

"슬슬 혼기가 차서 그런가."

찬찬히 연회장을 둘러보던 당하린의 고개가 옆으로 돌아갔다.

동생의 말에 자연스레 당무린을 찾았던 것이다.

"아직은 생각 없는 거 같은데."

"오빠 생각보다는 아빠 생각이 더 중요하지 않겠어? 추후 사천당가의 안주인이 될 사람일 텐데. 오빠도 그 부분에 대해서 요즘 생각이 많은 거 같고."

"마음에 둔 사람은 없는 거 같더라."

"가문 대 가문의 맺어짐이니 개인 감정이 크게 중요할 거 같지는 않은데."

당아린이 회의적인 표정을 지었다.

명문 세가의 자식으로 태어난 만큼 누리는 것도 많았지만 그에 비례해 책임져야 할 것도 많았다.

개인 감정보다는 가문을 먼저 생각할 수밖에 없기에 당아린은 어깨를 으쓱였다.

"근데 오빠 걱정보다는 네 걱정이 먼저 아닐까? 오빠야 지금 보이는 것처럼 원하는 여자가 많지만 너는 아니잖아?"

"……지금 나랑 싸우자는 거지?"

"내가 알기로 너한테 들어온 혼담이 별로 없을 텐데?"

당하린이 장난기 가득한 표정을 지었다.

오랜만에 동생을 놀릴 만한 건수를 잡았다는 표정이었다.

하지만 안타깝게도 그녀의 승기는 얼마 가지 못했다.

"나보다는 언니가 더 걱정일 것 같은데. 안 느껴져, 이곳에 집중되는 시선들이?"

"응?"

전세가 순식간에 역전되었다.

당무린만큼은 아니지만 제법 많은 여인들이 자신을, 정확하게는 석진호를 주시하고 있음을 깨달아서였다.

그리고 그 시선에는 하나같이 호기심과 호감이 서려 있었다.

"지금 날 신경 쓸 때가 아닌 것 같은데."

"……."

당하린의 얼굴이 굳어졌다.

설마하니 이렇게 대놓고 석진호를 쳐다볼 줄은 몰라서였다. 몇몇은 아예 적나라할 정도로 석진호를 뚫어져라 바라봤기에 당하린은 자기도 모르게 입술을 깨물었다.

"응? 뭐야, 저 사람?"

그때 당아린의 살짝 놀란 목소리가 들려왔다.

무언가를 보고 놀란 듯이 소리쳤던 것이다.

❧

올해도 어김없이 춘절을 맞아 사천당가를 찾은 구장겸은
연거푸 술을 들이켰다.

꼴 보기 싫은 광경에 가슴이 답답해서였다.

하지만 취하기는커녕 정신은 더욱더 말똥해졌다.

대신 가슴속의 울화만 계속해서 커졌다.

'어째서 저런 놈 따위에게!'

핏발 선 그의 두 눈이 향해 있는 곳에는 당하린과 석진호
가 있었다. 특히 그는 심드렁한 얼굴로 당하린이 챙겨 주는
음식을 먹는 석진호를 죽일 듯이 노려봤다.

다른 사람도 아니고 당하린이 직접 음식 시중을 들어 주는
데 저따위 표정이라니. 운 좋게 천년자패를 구한 주제에 분
에 넘치는 대접을 받는 것 같아 그는 열불이 치솟았다.

'내가 천년자패를 구했더라면……!'

동시에 그는 자신이 차지했어야 할 자리를 석진호가 대신
차지했다는 생각이 들었다. 석진호만 아니었다면 그가 천년
자패를 찾아 저 자리에 앉아 있었을 터였다.

실제로 사천당가에서 천년자패를 찾을 때 누구보다 먼저 움직였던 게 바로 그였다.

하지만 안타깝게도 그보다 석진호가 먼저 천년자패를 구했고, 그 결과가 바로 지금의 모습이었다.

으드득!

'저 자리에는 내가 있어야 하건만……!'

구장겸의 두 눈이 더욱 붉게 물들었다.

연모하는 당하린이 다른 남자 옆에 다소곳이 앉아 마치 연인처럼 음식을 챙겨 주는 모습을 보자 참기가 힘들었던 것이다. 미약한 취기가 분노에 부채질을 하기도 했고.

벌떡!

결국 화가 머리끝까지 치민 구장겸은 자리에서 일어나 석진호가 앉아 있는 원탁을 향해 성큼성큼 걸어갔다.

그러자 사람들이 하나둘 그를 쳐다보기 시작했다.

저벅저벅.

누가 봐도 심상치 않은 얼굴로 걸어가는 구장겸의 모습에 시끄러웠던 연회장이 삽시간에 조용해졌다. 동시에 다들 하나같이 호기심 어린 눈빛으로 구장겸을 쳐다봤다.

그가 당하린을 연모한다는 사실은 공공연한 비밀이었기에 다들 기대 어린 표정을 지었던 것이다.

더구나 그 상대가 한창 무명을 떨치는 석진호였기에 모두의 시선이 두 사람에게로 향했다.

"사천성 구가검문의 구장겸이라 하오. 강호에 무명 높은 석 공자가 이곳에 있다 하여 결례를 무릅쓰고 찾아왔소이다. 같은 후기지수로서 석 공자에 대해 궁금한 게 많아서 말이오. 그래서 말인데 한번 어울려 보는 게 어떻겠소? 자고로 무인은 무로 교분을 나누는 법 아니겠소?"

말투는 정중했으나 눈빛과 표정은 그렇지 않았다.

마치 도발하는 듯한 눈빛으로 석진호를 쳐다봤던 것이다.

심지어 그는 석진호가 거절하지 못하게 목소리에 진기까지 실어 연회장에 있는 모두가 들을 수 있도록 했다.

체면 때문에라도 거절하지 못하도록 말이다.

'거절해도 상관없지.'

어느 쪽이든 구장겸으로서는 나쁘지 않았다.

받아들인다면 실력으로 짓밟으면 되고, 도망치면 그것 나름대로 그에게 이득이었다.

천하의 벽풍뇌호가 그의 도전에 겁을 집어먹었다는 소문이 돌 테니까.

'고작 열아홉의 나이에 공동파의 일대제자를 쓰러뜨렸다고? 말도 안 되는 소리. 분명 꼼수를 썼거나 사천당가가 도와주었을 것이다.'

구장겸은 석진호의 무명을 순순히 믿지 않았다.

공동파의 일대제자 중에서도 수위에 꼽히는 진규악은 육룡 중에서도 상위의 실력자라 인정받는 검룡과 독룡도 승리를 장담할 수 없는 고수였다.

또한 드문 경우이기는 하나 석진호가 익힌 무공이 공동파에 상극일 수도 있었다.

"좋소이다."

"역시 사내대장부구려."

자리에서 일어나는 석진호의 모습에 구장겸이 비릿한 미소를 머금었다. 하지만 그런 그의 모습에도 석진호는 담담히 앞으로 나왔다.

그러자 주위에 있던 사람들이 뒤로 물러났다.

두 사람이 겨룰 수 있도록 공간을 만들어 주었던 것이다.

"준비되었소?"

"난 아까부터 준비되었소이다."

집중된 시선을 느끼며 구장겸이 두 팔을 활짝 펼쳐 보였다. 언제라도 괜찮다는 듯이 말이다.

그 모습에 석진호의 입가가 비틀렸다.

쉬이익!

한껏 여유를 부리던 구장겸의 얼굴이 일변했다.

순간적으로 석진호의 신형이 시야에서 사라져서였다.

방금 전까지만 해도 앞에 있던 석진호가 흐릿한 잔영만 남기고 사라지자 구장겸은 본능적으로 검을 뽑았다.

'무슨 놈의 속도가……!'

그래도 무명을 날린 만큼 어느 정도는 실력이 있을 거라 생각했다.

기본적인 실력이 없다면 애초에 벽풍뇌호라는 별호도 생기지 않았을 테니까.

그런데 지금 보이는 몸놀림은 예상 밖이었다.

당무린을 제외하면 사천성 최고의 후기지수라 할 수 있는 그의 눈에도 희끗한 잔영밖에 보이지 않는 모습에 구장겸은 자기도 모르게 긴장했다.

'일단 벤다!'

흐릿하게 보였지만 일단 자신에게 접근한다는 것은 알 수 있었다. 그렇기에 구장겸은 가장 많이 연습한 초식이자 가장 자신 있는 검초를 뿌렸다.

쉬이익!

하지만 걸리는 것은 없었다.

자신 있게 검을 휘둘렀음에도 빈 허공만 갈랐던 것이다.

동시에 그의 눈앞에 별이 떠올랐다.

"컥!"

볼에 맞은 일격으로 일순 정신이 멍해졌던 것이다.

그러나 이건 시작에 불과했다.

단 한 방으로 구장겸을 허공에 띄운 석진호는 그대로 그의 전신을 흠씬 두들겼다.

"크아아악!"

반항을 허락하지 않겠다는 듯이 무자비하게 두들기는 폭

력에 구장겸이 비명을 질렀다.

맞는 것도 아팠지만 충격과 함께 내부로 파고드는 석진호의 진기가 그를 미치게 만들었던 것이다.

기맥은 물론이고 기혈도 찢어 버리는 듯한 고통에 구장겸은 이를 악물었다.

하지만 그럼에도 달라지는 것은 없었다.

'내, 내가 원한 건 이게 아니었는데⋯⋯.'

구장겸의 계획은 간단했다.

운 좋게 허명을 얻은 석진호를 박살 내 그의 무명이 조작되었음을 알려 당하린이 현실을 보게 만드는 것이었다.

동시에 자신이라는 존재를 각인시키면서 말이다.

현재 한창 무명을 날리는 석진호인 만큼 그를 쓰러뜨린다면 단번에 그의 이름이 전 강호에 퍼질 터였다.

하지만 그 계획은 시작부터 어그러졌다.

막상 붙어 보니 석진호의 실력은 진짜였다.

"끄으윽!"

허명은커녕 감히 그가 비벼 볼 만한 실력이 아니었다.

하지만 문제는 그 사실을 너무 늦게 깨달았다는 점이었다.

"제, 제발 그만⋯⋯!"

자유의지를 잃은 채 흐느적거리는 육신을 느끼며 구장겸이 가까스로 입을 열었다.

신음을 억누르며 석진호에게 말을 걸었던 것이다.

무인환생

그러나 분명 말을 들었을 텐데도 석진호는 일언반구도 없었다.

그저 무표정한 얼굴로 때리기만 했다.

"멈춰라!"

그때 일갈과 함께 맹렬한 기파가 석진호에게 쇄도했다.

보다 못한 구가검문의 무인이 나선 것이었다.

그런데 석진호를 향해 내지르는 일 검이 참으로 살벌했다.

진짜 죽이기라도 할 것처럼 매서운 기세를 흩뿌리며 짓쳐들었던 것이다.

스윽.

그래도 명문 정파라고 등을 노리지는 않고 옆에서 찔러 들어오는 공격에 석진호가 슬쩍 뒤로 물러났다.

자연스럽게 구장겸을 놓아주며 거리를 벌렸던 것이다.

하지만 중년인의 검은 방향을 꺾어 재차 석진호를 노렸다.

그 모습에 석진호의 눈빛이 달라졌다.

'이런 식으로 나온단 말이지?'

중년인의 검이 말하는 바는 명백했다.

소문주인 구장겸이 당한 만큼 똑같이 갚아 주겠다는 의지가 고스란히 서려 있었다.

당연히 나중에 말이 나오겠지만 그건 사과하면 될 일이었다. 죽이지만 않으면 사과와 약간의 보상으로 수습할 수 있을 거라고 생각하는 것이었다.

'명문 정파라는 것들이 참.'

뻔히 보이는 속내에 석진호는 실소가 절로 나왔다.

먼저 일을 벌인 주제에 자신들이 피해자인 척 구는 게 역겨웠던 것이다.

정작 화를 내야 할 사람은 자신인데 말이다.

'아니지. 오히려 잘됐나.'

같은 초식인데도 구장겸이 펼쳤던 것과는 격이 다른 검격이 쇄도해 왔지만 석진호의 표정은 여유로웠다.

나름 구가검문을 대표하는 무인이겠지만 안타깝게도 석진호에게는 한낱 최절정 고수일 뿐이었다.

최절정이라는 경지가 낮은 건 결코 아니었지만 상대가 석진호라면 빛이 바랬다.

스윽.

집요할 정도로 쇄도하던 검이 빈 허공을 갈랐다.

절묘한 순간에 석진호가 보법을 밟으며 피했던 것이다.

그뿐만 아니라 석진호는 순식간에 중년인에게 파고들었다.

"흡!"

예상치 못한 움직임이었을까.

중년인의 눈동자에 당혹감이 떠올랐다.

이 거리에서 자신의 공격을 피하고 파고들 줄은 꿈에도 예상하지 못했기에 중년인은 다급하게 좌장을 내질렀다.

검을 회수하기에는 늦기도 했을뿐더러 간격이 너무 가까웠기에 중년인은 좌장에 진기를 집중하며 강하게 내질렀다.

부우웅!

이윽고 묵직한 소성과 함께 무지막지한 경력이 좌장을 중심으로 휘몰아쳤다.

무거운 장풍이 석진호를 짓눌렀던 것이다.

'오히려 기회다. 이대로 놈을 잡고서 병신으로 만든다!'

중년인의 두 눈이 희번덕였다.

죽이지만 않는다면 구가검문이 잘 무마해 줄 터였다.

그 정도 힘이 구가검문에는 있었다.

게다가 향후 구장겸의 앞을 계속해서 가로막을 게 분명한 석진호를 지금 치워 버릴 수 있다면 구가검문으로서는 이득이었다.

'그러니까 적당히 나댔어야지.'

중년인의 입가에 비릿한 조소가 맺혔다.

석진호가 뛰어나다는 것은 그도 인정했다.

하지만 아직 어려서 그런지 석진호는 적당히를 몰랐다.

눈치껏 비무를 끝냈다면 여기까지 오지는 않았을 텐데 석진호는 그러질 못했다.

'자업자득이라고 생각해라.'

스으윽!

중년인의 좌장이 석진호의 가슴을 노렸다.

동시에 내뻗은 검 역시 석진호를 벨 것처럼 방향을 틀었다.

콰드드득!

그러나 중년인이 머릿속에 그렸던 광경은 벌어지지 않았다. 오히려 섬뜩한 소리와 함께 중년인의 왼팔이 기이하게 뒤틀렸다.

석진호가 손을 뻗어 쇄도하는 그의 좌장을 그대로 맞잡았던 것이다.

"끄으윽!"

중년인의 좌장에는 강기가 서려 있었으나 석진호는 힘으로 짓눌렀다. 그야말로 압도적인 공력으로 중년인의 장강을 뭉개 버렸던 것이다.

하지만 석진호의 공격은 그게 끝이 아니었다.

왼손을 뻗어 중년인의 멱살을 잡은 석진호는 그대로 그를 바닥에 내려찍었다.

쿠웅!

묵직한 소리와 함께 등부터 바닥에 떨어진 중년인이 입에서 피를 토했다. 등에서부터 시작된 충격이 내부를 말 그대로 뒤집어 버렸던 것이다.

"커허헉!"

"저, 저럴 수가!"

"비정검(非情劍)이 저렇게 속수무책으로 당할 줄이야."

武人還生
무인환생

단 일격에 전투 불능이 된 중년인의 모습에 멀찍이 떨어져서 구경하던 군중이 하나같이 경악한 표정을 지었다.

구장겸이야 석진호의 무명을 생각하면 이기는 게 그리 이상하지는 않았다. 허명이 아니라면 석진호가 이기는 게 당연한 결과이기도 했고.

그러나 비정검은 달랐다. 비정검 구중만은 십수년 전부터 사천성에서 무명을 날리던 무인이었다.

또한 구가검문에서 열 손가락 안에 꼽히는 무인이기도 했고. 그렇기에 다들 믿을 수 없다는 눈으로 석진호를 쳐다봤다.

투욱.

좌중의 시선이 느껴지지 않는지 석진호는 내상을 입어 꼼짝도 하지 못하는 구중만을 짐짝처럼 들어 던졌다.

반쯤 기절해서 쓰러져 있는 구장겸의 위로 대충 던져 버렸던 것이다. 그러고는 당군성이 끼어들기 전에 구가검문을 향해 말했다.

절묘하게 그의 호흡을 빼앗으며 석진호가 먼저 입을 열었던 것이다.

"다음."

"뭐?"

"이대로 끝낼 생각 없잖아? 나 역시 마찬가지고. 그러니 오라고. 혼자 오기 무서우면 떼로 달려들어도 좋고."

"이노옴!"

오만한 얼굴로 대놓고 하는 도발에 대장로가 시뻘겋게 달아오른 얼굴로 달려들었다.

핏덩어리나 마찬가지인 석진호가 손가락을 까딱거리며 조롱하자 참지 못하고 땅을 박찼던 것이다.

하지만 그건 연기일 뿐이었다.

지금 대장로의 심중은 그 어느 때보다 냉정했다.

'내 선에서 수습해야 한다!'

이미 구중만이 나섰을 때부터 문제는 커졌다.

누가 봐도 지나칠 정도로, 구장겸의 복수를 위해 손을 썼기에 좌중의 눈빛은 싸늘했다.

누구 하나 구가검문에 호의적이지 않았던 것이다.

그러나 아직까지는 수습할 기회가 남아 있었다.

'죽이지는 않으마. 하지만 앞으로는 지금처럼 살지 못할 것이다.'

석진호는 엄연히 사천당가주의 초대를 받고 온 손님이었다.

그렇기에 죽어서는 안 되었다. 하지만 그 말은 달리 말하면 죽이지만 않으면 된다는 뜻이기도 했다.

쐐애액!

대장로의 형형한 안광처럼 한 줄기 검강이 매섭게 석진호의 아랫배를 노리고 뻗어 왔다.

최대한 빨리 수습하겠다는 의지가 담긴 일 검이었다.

무인환생

까아아앙!

그러나 기습과도 같은 검격을 석진호는 정면으로 튕겨 냈다.

어느새 검을 뽑아 들고서 대장로의 검강을 맞받아쳤던 것이다.

"흥!"

하지만 대장로는 당황하지 않았다.

생각지도 못한 반격이었음에도 그는 노련하게 재차 석진호를 공격했다.

폭풍 같은 기세로 석진호를 몰아붙였던 것이다.

콰콰콰쾅!

화려하다 못해 현란하게 펼쳐지는 검세가 석진호의 주변을 초토화시켰다.

검강의 길이를 자유자재로 다루며 그야말로 고수다운 면모를 여지없이 선보였던 것이다.

그러나 무서운 기세로 몰아붙이는 대장로의 표정은 썩 좋지 않았다.

당군성이 끼어들기 전에 최대한 빨리 결판을 내야 하는데 의외로 석진호가 잘 버티고 있어서였다.

"조급하지, 늙은이? 당 가주님이 언제 끼어들지 모르니."

"닥쳐라!"

"그 고민 내가 해결해 줄게."

스극.

두 사람의 대결을 지켜보던 사람들의 두 눈이 하나같이 화
등잔만 하게 커졌다. 보고도 믿을 수 없는 광경에 다들 눈은
물론이고 입도 다물지 못했던 것이다.

"이런 개 같은 경우가……."

대장로가 우뚝 멈춰 섰다.

그러고는 믿을 수 없다는 눈빛으로 석진호를 노려보다가
이내 자신의 애병을 내려다봤다.

쩌억.

평생을 함께했던 애검이 반 토막 나는 것과 동시에 대장로
의 입에서 검게 변한 피가 주르륵 흘러나왔다.

검강이 절단되면서 그 역시 심각한 내상을 입은 것이었다.

그리고 이 모든 건 석진호가 휘두른 일 검으로 인해 벌어
졌다.

지극히 단순한 횡베기에 대장로의 검강은 물론이고 그의
애병조차도 양분됐다.

"죽이지는 않을게. 근데 앞으로는 예전처럼 멀쩡히 걸어
다니지는 못할 거야."

"이, 이……!"

작게 속삭이는 석진호의 말에 대장로의 얼굴이 터질 것처
럼 붉어졌다.

하지만 그는 끝내 말을 잇지 못했다.

내상도 내상이지만 단전이 심상치 않아서였다.

금방이라도 깨질 것처럼 불안정한 단전의 상태에 대장로가 황급히 추스르려는 순간 내부에서 폭발이 일어났다.

"한 방으로 끝날 줄 알았어?"

"개자……!"

"어허, 말은 바로 하자고. 먼저 시작한 건 당신들이야. 난 가만히 앉아 있던 죄밖에는 없어. 화를 내야 하는 사람은 나라고."

"컥!"

갑작스러운 폭발과 함께 가까스로 유지되던 단전이 깨져 버렸다.

무인에게 있어 심장만큼이나 중요한, 혹은 전부라 할 수 있는 단전이 부서지며 그가 평생 동안 고련한 공력이 줄줄이 새어 나가기 시작했다.

밑 빠진 독에 차 있던 물처럼 순식간에 몸 밖으로 빠져나갔던 것이다.

그리고 그 모습을 석진호는 싸늘히 쳐다봤다.

"대장로도 이 꼴이 됐겠다, 이제 남은 건 문주뿐인가?"

삽시간에 십수년은 늙어 버린 대장로를 일별하며 석진호가 구가검문주를 쳐다봤다.

오연한 눈빛으로 자신을 죽일 듯이 노려보는 구가검문주의 시선을 마주했던 것이다.

하지만 거만한 석진호의 말에도 구가검문의 문도들은 물론이고 구가검문주는 섣불리 달려들지 못했다.

방금 전에 보여 준 일 검의 잔상이 뇌리 속에 너무나 선명하게 남았기에 선뜻 움직이지 못했던 것이다.

"석 관주."

"말리지 마시죠. 이건 저와 구가검문의 문제입니다. 이렇게 된 이상 끝을 봐야 하지 않겠습니까."

"말릴 생각 없네. 오히려 도움을 주면 모를까. 근데 굳이 내가 나서지 않아도 될 것 같군."

당군성이 그리 말하며 좌중을 둘러봤다.

마치 나서려는 이가 있다면 자신을 설득시켜야 한다는 듯한 눈빛에 누구 하나 감히 입을 열지 않았다.

특히 구가검문과 친분이 깊은 이들은 발만 동동 굴렀다.

사천당가주가 저렇게 말하는데 나설 정도로 간이 크지는 못해서였다.

"저 역시 당 가주님과 같은 생각입니다. 이번 일은 두 사람의 문제입니다. 정확하게는 석 관주와 구가검문의 문제지요."

"맞습니다."

당군성의 말이 끝나기 무섭게 몇몇 사람들이 석진호를 두둔했다. 객관적으로 봐도 억울한 쪽은 석진호였다.

겉으로는 정중하게 비무 신청을 했으나 모두가 알았다.

구장겸이 일부러 시비를 걸었다는 사실을 말이다.

무인환생

'근데 이 정도일 줄이야.'

가장 먼저 석진호를 두둔했던 청도문주(淸道門主) 상일성이 은은한 감탄이 서린 눈으로 석진호를 쳐다봤다.

사실 그는 내심 석진호의 실력이 소문보다 못할 거라고 생각했다.

워낙에 과대평가되는 경우가 많아서였다.

그런데 웬걸, 석진호는 반대였다.

소문이 제 실력의 반도 담아내지 못했다.

특히 대장로를 무력화시킨 일 검을 봤을 때 그는 전신에 소름이 돋았다.

세상에 천재라는 괴물들이 득시글거린다는 사실을 잘 알고 있었지만 석진호는 그중에서도 단연 최고라 할 수 있었다.

'굳이 말하자면 천재 중의 천재라고나 할까.'

아주 간혹 하늘은 희대의 천재를 지상에 내려보냈다.

상고무림 시절의 천마가 그러했고, 무당파의 시조인 장삼봉 역시 마찬가지였다.

상일성은 석진호가 중간에 고꾸라지지 않는다면 그 둘과 비슷한 족적을 남길지도 모른다고 생각했다.

'고작 열아홉의 나이에 저 정도 경지니까. 그나저나 구가 검문주는 속이 타겠군. 마음 같아서는 수하들을 전부 대동하고 싶겠지만 체면상 그럴 수가 없으니. 그렇다고 일대일로 싸워 이길 거라는 확신도 안 들 테고.'

석진호는 대장로를 가볍게 제압했다.

그게 구가검문주의 머리를 복잡하게 만들 터였다.

가까스로 대장로를 쓰러뜨렸다면 해볼 만하다고 생각했겠지만 너무나 쉽게 제압했기에 구가검문주로서는 선뜻 달려들지 못할 터였다.

만약 그까지 쓰러진다면 구가검문의 미래는 몰락밖에 남지 않았으니까.

"오지 않겠다면, 내가 가지."

무거운 침묵 끝에 석진호가 입을 열었다.

구가검문 측이 움직일 기미를 보이지 않자 결국 그가 먼저 움직였던 것이다. 그러자 기다렸다는 듯이 장로 두 명이 석진호를 막아서듯 몸을 들이밀었다.

구가검문주에게 접근하지 못하도록 막아섰던 것이다.

웅웅웅!

이미 대장로가 단 일 검에 당한 걸 봤기에 두 장로는 한껏 진지한 얼굴로 검을 뿌렸다.

아까 전의 경시하던 눈빛은 감쪽같이 사라지고 마치 생사대적을 상대하는 것처럼 무자비한 살초를 펼쳤다.

스스슥!

하지만 석진호는 그런 둘의 공격을 너무나 자연스럽게 회피해 냈다. 틈이 있을까 싶었던 공격을 유려한 몸놀림으로 빠져나왔던 것이다.

무인환생

"못 보낸다!"

"여기서 끝을 내 주마!"

그러나 두 장로도 포기하지 않았다.

이대로 석진호를 보내 줄 수 없다는 듯이 집요하게 노렸다. 전력으로 검공을 펼치며 끈질기게 매달렸던 것이다.

이윽고 석진호의 신형이 두 사람이 일으킨 검세에 완벽하게 간혔다.

'끝났다!'

'멍청한 녀석! 자만은 화를 부르는 법이거늘!'

두 장로의 얼굴에 똑같이 득의양양한 미소가 맺혔다.

제아무리 석진호가 고수더라도 검강으로 이루어진 검옥(劍獄)을 빠져나오는 건 불가능했다.

지금 펼친 검옥은 대장로뿐만 아니라 구가검문주라도 빠져나올 수 없었기에 둘은 승리를 자신했다.

콰콰콰쾅!

이윽고 두 장로가 극성으로 펼친 검옥이 석진호의 몸에 작렬했다.

그런데 비명 소리가 애먼 곳에서 들려왔다.

"커헉!"

"큭!"

공격을 당한 건 석진호였는데 비명은 두 장로가 내질렀던 것이다. 그뿐만 아니라 내상을 입은 듯 피를 토하는 모습에 모두가 의아한 얼굴을 할 때, 지금껏 가만히 있던 구가검문주가 움직였다.

두 장로가 각혈하는 순간 그의 검이 맹렬한 검명을 토해 내며 석진호에게 쏘아졌다.

기습과도 같은 혼신의 일격을 날렸던 것이다.

"위험⋯⋯!"

누가 봐도 극성으로 살초를 펼치는 모습에 당군성이 자기도 모르게 소리를 질렀다. 그 정도로 구가검문주의 공격은 절묘한 순간을 노리고서 파고들었다.

쩌어어엉!

당군성이 깜짝 놀라 자리에서 벌떡 일어난 순간 굉음이 터져 나왔다. 동시에 묵직한 충격파가 연회장을 휩쓸었다.

두 사람의 충돌에 엄청난 후폭풍이 불었던 것이다.

하지만 살벌한 바람에도 몇몇 이들은 눈을 빛내며 석진호와 구가검문주가 서 있는 곳을 쳐다봤다.

"⋯⋯이렇게까지 해야 했나?"

"좋게 끝낼 수 있는 기회는 두 번이나 있었지. 하지만 그걸 걷어찬 건 너희 쪽이다. 오히려 날 끝까지 짓밟으려고 했지. 그런 당신을 살려 두라고? 말이 되는 소리를 해라."

"큭큭큭!"

석진호의 말에 구가검문주가 키득거렸다.

만약 반대의 상황이었어도 그는 석진호를 살려 두지 않았

武人還生
무인환생

을 터였다.

군이 후환거리를 남겨 둘 필요는 없었으니까.

석진호도 마찬가지일 터였다.

서걱.

미치광이처럼 피를 흘리며 키득거리던 구가검문주의 목이 바닥으로 떨어졌다. 뒤이어 석진호는 대장로와 장로들, 그리고 구장겸과 구중만의 목도 차례대로 베었다.

'이왕 힘을 드러낸 거 확실한 게 좋지.'

예기치 못한 일의 연속이었지만 석진호는 후회하지 않았다. 조용히 산다고 해서 꼭 참기만 할 필요는 없어서였다.

그리고 한 번 정도는 제대로 보여 줄 필요가 있었다.

힘이 없어서 조용히 있는 게 아니라고 말이다.

"뒷정리는 우리에게 맡기게. 귀찮은 일 없도록 처리할 테니."

"괜찮습니다. 구가검문 정도에 위협을 느낄 정도로 약하지 않으니까요. 그리고 이제는 저 혼자만 있는 것도 아니라서."

갓 석가장에서 나왔을 때와 지금의 석진호는 너무나 달랐다.

무위도 무위지만 주변이 너무나 달라졌다.

석가장에 있을 당시에는 우방이라고 할 수 있는 이들이 없었지만 지금은 사천당가를 제외하더라도 석풍표국이 있었기에 구가검문이 이번 일을 빌미로 죽자 사자 달려든다고 해도 감당할 자신이 있었다.

정 뭐하면 혼자 쳐들어가도 되었고.

'이제는 가능하지.'

두 번째 환골탈태 후 석진호는 전생의 경지를 구 할 가까이 회복했기에 구가검문 따위는 사실 안중에도 없었다.

지금 대화를 나누는 당군성과 다시 붙으면 결과가 달라질 것이기에 석진호는 대수롭지 않게 말했다.

"내가 보기에도 그런 것 같긴 해. 근데 대체 무슨 일이 있었기에 그렇게 강해진 거야? 그때도 대단했지만 이건 말이 안 되는 수준인데?"

사천당가의 무인들이 시체들을 치우고 연회장을 정리하는 사이 당군성이 은근한 목소리로 물었다. 칼바람이 불고 여섯 명이 죽었지만 그는 신경도 쓰지 않았다.

정당한 싸움이었기에 크게 개의치 않았던 것이다.

물론 구가검문과 친분이 있는 이들은 대놓고 눈살을 찌푸리며 불편한 기색을 드러냈지만 그렇다고 입을 열어 토로하지는 않았다.

"운 좋게 깨달음을 얻어서요."

"또 운이 좋았다고?"

"제가 운이 좀 좋거든요."

"그게 말이 된다고 생각해?"

"안 될 것도 없죠. 사실인데."

무인환생

당군성이 미간을 좁혔다.

무언가 구실거리라도 있어야 물고 늘어질 텐데 운이라고 말하니 할 말이 없었다.

"상식적으로 말이 안 되잖아. 그렇다고 고수를 사사한 것도 아니고. 혼자 익혀서 그 정도로 강해졌다고?"

"저도 그래서 깜짝 놀랐습니다."

"끄응!"

얄미울 정도로 태연하게 대꾸하는 석진호의 모습에 당군성이 앓는 소리를 냈다.

저렇게 대답하니 여기서 더 캐묻기가 애매해졌던 것이다.

꼬치꼬치 캐묻는다고 대답할 것 같지도 않았고 말이다.

"저로 인해 연회장의 분위기가 어수선해진 것 같습니다. 그래서 말인데 이만 물러날까 합니다."

"자네가 죄지은 것도 아니고, 정당한 대결이었는데 왜 물러나는가? 어차피 강호는 결국 강자존의 세계인 것을."

당군성이 지극히 냉정한 어투로 말했다.

명분도 중요하지만 결국 강호는 약육강식 적자생존의 세계였다.

만약 석진호가 지금의 무위를 갖추지 못했다면, 막말로 아들인 당무린 정도의 수준이었다면 이렇게 멀쩡히 서 있지는 못했을 터였다.

결국 살아남아야 명분도 따질 수 있는 것이다.

그렇기에 구가검문과 친밀한 관계를 가진 몇몇 문파들이 가만히 있는 것이고.

자신들이 감당할 자신이 없기에, 그리고 자신이 손해를 볼 정도로 구가검문과 특별한 사이가 아니기에 나서지 않는 것이었다.

"어찌 됐든지 간에 좋은 날에 소란을 일으킨 것은 사실이지 않습니까. 그러니 이만 물러날까 합니다."

"귀찮던 찰나에 좋은 건수를 물어서 나가려는 건 아니고?"

당군성이 게슴츠레한 눈으로 석진호를 쳐다봤다.

말은 저렇게 해도 그에게는 속내가 뻔히 보여서였다.

하지만 석진호는 그런 당군성의 시선에도 천연덕스럽게 웃으며 정중히 포권했다.

대답 대신 인사하며 몸을 돌렸던 것이다.

"가자, 얘들아."

"예!"

순식간에 연회장을 빠져나가는 석진호 일행의 모습에 당군성이 나지막하게 한숨을 내쉬었다.

그런데 그 순간 그는 연회장을 뒤덮고 있는 묘한 기류를 느꼈다. 연회장을 찾았던 거의 대부분의 여인들이, 아니 소녀들까지 석진호의 뒷모습을 쳐다보고 있었던 것이다.

武人還生
무인환생

제39장 갑 중의 갑

고즈넉한 분위기를 조성해 주는 노을빛을 받으며 당군성
이 찻잔을 들어 올렸다.

그런 그의 앞에는 편한 옷차림의 당천광이 앉아 있었다.

"구가검문은?"

"일이 꽤 흥미롭게 흘러가고 있습니다."

"대대적인 복수라도 준비하나?"

당천광이 눈을 빛냈다.

명분이야 석진호에게 있다지만 원래 나쁜 놈들은 자기중
심적으로 생각하는 법이다.

또한 사람의 악의가 얼마나 지독하고 저열한지 너무나 잘
알기에 당천광은 심연처럼 깊은 눈빛으로 아들을 쳐다봤다.

"그랬으면 차라리 편했을 겁니다. 징후가 보였다면 우리가 나서기에도 편하니까요. 아니, 석 관주가 직접 나섰겠지요. 그런데 그쪽이 아닙니다."

"하면?"

"형제들의 난이 벌어졌습니다. 공석인 문주 자리를 차지하기 위해 죽은 구창경의 동생들이 들고일어났습니다."

"아, 거기 아들이 하나뿐이었지? 서출도 없고."

"예. 그리고 어제 석 관주의 손에 죽었죠."

당천광이 고개를 주억거렸다.

어떻게 보면 참 공교로운 상황이지만 정황을 보면 이해가 안 가는 것도 아니었다.

공석이 되어 버린 문주직.

거기다 유일한 후계자는 전대 문주와 함께 죽었으니 형제들이 욕심을 내는 것도 이상하지는 않았다.

"그래도 복수를 꿈꾸는 이들이 없지는 않을 텐데. 어느 정도 정리가 되면 분명히 그 부분을 물고 늘어질 테고."

"복수심을 불태우는 거야 그들 마음이라지만 현실적으로 이룰 수 있겠습니까? 사실 명분을 생각하면 석 관주가 당장 찾아가도 이상하지 않은데. 그리고 그 사실을 구가검문 역시 알고 있을 겁니다. 비겁한 수를 쓴 게 아니라 오로지 실력으로 전대 문주와 대장로를 찍어 눌렀으니까요. 제 생각에는 직접적인 싸움은 피할 겁니다. 괜히 건드려서 몰살을 당하느

무인환생

니 때를 기다리는 게 현명하지 않겠습니까."

"군자의 복수는 십 년도 지나도 늦지 않는다라는 말이 있지."

"현실적으로는 기다리는 방법밖에는 없지요. 기다리다 보면 언젠가 기회는 오기 마련이니까요. 다만 문제는 지금의 자중지란을 어떻게 잘 봉합하느냐겠지요. 갈가리 찢어진다면 되레 잡아먹힐 겁니다."

오랫동안 사천성의 명문으로 자리매김해 왔던 곳이 구가 검문이었다.

하지만 그렇다고 해서 적이 없는 건 아니었다.

사천당가만 하더라도 가세가 기울어진다면 기다렸다는 듯이 여기저기에서 물어뜯으려 달려들 것이었다.

그 정도로 강호는 냉혹 비정한 세계였기에 힘이 약해진다면 구가검문을 유지하기 힘들 터였다.

"그래도 예의 주시해. 어찌 됐든 본가에서 일어난 일이고, 그 이유가 당하린이었으며, 석진호는 우리에게 있어 은인이다. 이 중 하나만 이유라도 끝까지 책임져야 하는데 무려 세개에 전부 해당되니 더 이상 말하지 않아도 알겠지?"

"물론입니다."

"괜히 이러쿵저러쿵해서 기분 상했다면 미안하고."

당천광이 시원스럽게 사과했다.

엄밀히 따져 자신은 일선에서 물러난 상태였다.

현 사천당가주는 당군성이었다.

그렇기에 어떻게 보면 간섭하는 것처럼 보일 수 있기에 당천광은 먼저 이 부분을 짚었다.

"괜찮습니다. 저 역시 아버지와 같은 생각이니까요. 더구나 저에게는 딸이지만 아버지에게는 손녀이지 않습니까."

"내 말이 바로 그거다. 내가 진호였으면 당장 구가검문을 향해 달려가 모조리 독수로 만들었을 게야."

"……그러면 안 됩니다. 아무리 본가가 독심(毒心)으로 유명하다지만 그건 도를 넘는 수준입니다."

"말이 그렇다는 거지, 말이. 난 이제 현역도 아닌데. 이제는 뛰기만 해도 숨이 차."

"허허허허."

일 할도 공감할 수 없는 말에 당군성은 그냥 웃었다.

마땅히 할 대꾸가 생각나지 않아서였다.

자신이 지금 명왕이라 불린다지만 그 전 시대에는 독왕 하면 모르는 이가 없었다.

세 살배기 우는 아이도 울음을 뚝 그칠 정도로 악명 높았던 사람이 바로 눈앞에 앉아 있는 당천광이었다.

'지금이야 허허할아버지가 되었지만.'

나이 먹고 유순해진 거지 한창 활동할 당시에는 감히 당천광의 눈을 마주한 간 큰 이가 별로 없었다는 걸 알기에 당군성은 그저 모른 척 넘어갔다.

武人還生
무인환생

괜히 과거를 짚을 필요는 없다고 생각해서였다.

"구가검문 이야기는 이쯤 하고, 네가 보기에는 어떻더냐?"

"무엇을 말씀이십니까?"

"다 알면서 모른 척하지 말고."

"석 관주 말입니까."

"그래."

구가검문에 대해서 들을 때에는 딱히 관심을 보이지 않았던 당천광이 두 눈을 초롱초롱하게 빛냈다.

마치 그가 석진호를 어떻게 봤는지 진심으로 궁금하다는 듯이 말이다.

"대장로를 베었을 때는 최절정의 극에 닿아 있다고 생각했습니다. 그런데 구가검문주의 일 검을 맞받아친 걸 보고는 그 예상을 바꿀 수밖에 없었습니다."

"그래서?"

"초절정이 아닐까 생각합니다. 그 정도는 되어야 구가검문주가 펼친 회심의 일격을 아무렇지 않게 받아 낼 수 있지 않겠습니까. 구창경이 속 좁은 위인이기는 해도 실력이 없는 자는 아닙니다. 그런 구창경을 일 검에 제압했으니 초절정 정도는 되어야 하지 않겠습니까."

"흐음."

언제 장난기 가득한 표정을 지었냐는 듯이 당천광이 진지한 얼굴로 턱을 쓰다듬었다.

그러고는 곰곰이 생각에 잠겼다.

"물론 말이 안 된다는 걸 압니다. 저 역시 보고도 믿을 수가 없었으니까. 이제 겨우 열아홉 살입니다. 약관도 아니고 열아홉요. 그런데 초절정이라니. 엄마 배 속에서부터 무공을 수련했더라도 말이 안 되는 경지입니다."

"하지만 진짜지, 그 실력은. 나 역시 같은 생각이니까. 어제 받았던 충격은 내 인생에서도 세 손가락 안에 꼽혀."

"무린이도 충격을 많이 받은 듯했습니다."

"그럴 테지. 후기지수의 범주를 벗어난 수준이었으니까. 패배야 무인에게 있어 병가지상사이니 받아들일 수 있지만, 어제의 광경은 따라잡는 게 막막했을 테니."

당천광은 손자의 심정을 충분히 이해할 수 있었다.

그 역시 어릴 적 수도 없이 느끼고 겪었으니까.

하지만 사천당가의 주인이 되려면 그 정도는 이겨 내야 했다. 사천당가주가 되었다고 해서 천하제일인이 되는 건 아니었으니까.

'그걸 깨닫는 게 쉽지는 않겠지만.'

진정한 고수는 수많은 좌절과 절망을 딛고 탄생하는 법이었다.

만들어진 고수, 어중간한 고수는 결국 좌절과 절망이라는 벽을 넘지 못하고 무너졌고.

'하지만 깨닫는다면 그 어떤 영약 못지않은 약이 될 테지.'

武人還生
무인환생

어떻게 보면 어제의 일이 좋은 자극이 될 수도 있었다.

자신이 최고라는 오만방자함에 수련을 게을리하는 것보다는 어떻게든 따라잡겠다고, 그리고 언젠가는 추월하겠다고 수련하는 게 당무린 개인의 입장에서는 훨씬 이득이었으니까.

다만 문제는 사람 일이라는 게, 마음이라는 게 그렇게 좋고 긍정적인 쪽으로만 흘러가지는 않는다는 것이었다.

"다행히 포기하는 기색은 아니었습니다."

"당연히 그래야지. 당가의 핏줄인데 그 정도 독기는 가져야지."

"근데 충격은 무린이뿐만이 아닌 것 같습니다. 다들 눈빛들이……."

"진호의 수준을 못 알아보면 눈깔을 스스로 뽑아야지. 제대로 보지도 못하는 눈깔이 무슨 의미가 있다고. 그나저나 역시 우리 하린이가 혜안이 있었어. 그런 보물을 넝쿨째 가져올 줄이야."

처음 당하린이 목숨 빚을 자신의 목숨으로 갚겠다고 했을 때 모두가 말렸다.

그리고 그중에는 당연히 당천광도 있었다.

사천당가의 가규를 생각하면 당연히 그렇게 하는 게 맞으나, 그래도 다르게 보은할 방법이 있다고 생각해서였다.

한데 그때 부린 당하린의 고집이 엄청난 결과로 되돌아왔다.

"아직 확정된 것은 아닙니다만."

"그래서 놓치려고? 저 엄청난 녀석을?"

"당연히 아니지요. 몰랐다면 모를까 이제는 포기하라고 해도 포기 못 합니다. 더구나 승계 문제도 없으니 금상첨화 이죠."

"무조건 잡아야 해. 하북팽가와 연이 있다고 하는데, 내가 보기에 그쪽은 텄어. 하지만 그렇다고 안심할 수는 없다. 무슨 말인지 알지?"

"물론이죠."

당군성의 뇌리로 어제 연회장의 광경이 떠올랐다.

육탄 공세라도 할 것처럼 두 눈을 빛내던 여인들과 딸 가진 아비들이 기광을 번뜩이는 모습에 당군성은 마음을 다잡았다. 굴러들어 온 호박을 절대로 멍청하게 빼앗기지는 않겠다고 말이다.

온갖 선물로 가득 찬 두 대의 마차가 굳게 닫힌 승천무관 앞에 도착했다.

멀고 먼 길을 달려 드디어 집에 도착했던 것이다.

하지만 모두가 복귀에 기뻐할 때 유독 석진호의 표정은 좋지 않았다.

武人還生
무인환생

사천당가에 간 김에 당하린도 자연스럽게 남겨 두려 했는데 결과적으로는 실패해서였다.

"집이다, 집!"

"얼마 떠나 있지 않은 것 같은데도 되게 반갑네요."

"그게 집이니까."

떨떠름한 석진호의 표정과 달리 말에 타고 있던 정마룡과 채소강, 탁윤이 냉큼 달려가 문을 열었다.

그러자 마차가 천천히 앞마당으로 들어갔다.

"웃차."

마차가 서기 무섭게 석진호는 마차에서 내렸다.

그를 제외하면 모두가 여자였기에 가장 먼저 움직였던 것이다.

월월월!

마차의 문을 열고 내려서기 무섭게 뒷마당에서 익숙한 짖는 소리가 들려왔다.

일행의 냄새를 맡고 늑대 삼 형제가 달려왔던 것이다.

하지만 가장 먼저 석진호 일행을 반겨 주는 이는 따로 있었다.

사박사박.

도도한 걸음걸이로 앞마당을 가로지르며 흑휘가 다가왔다. 오랜만에 보는 것임에도 흑휘는 절대 서두르지 않았다.

여유롭게 다가와서는 석진호의 다리에 머리를 비볐다.

"녀석."

늦었다는 듯이 어리광을 부리는 흑휘의 모습에 석진호가 피식 웃으며 머리를 쓰다듬었다.

그러나 그것만으로는 부족하다는 듯이 흑휘는 냉큼 석진호의 어깨 위에 올라타고서는 볼을 핥았다.

앞발로는 어깨를 꾹꾹 누르면서 말이다.

"내 새끼들!"

반면에 정마룡의 상봉은 극성맞았다.

늑대 삼 형제가 헐레벌떡 뛰어와서는 정마룡을 향해 덮치듯이 달려들었던 것이다.

그리고는 쉴 새 없이 정마룡의 몸 곳곳을 핥기 시작했다.

"나도 왔어, 애들아!"

헥헥헥!

침으로 범벅을 만들 작정인지 정신없이 정마룡을 핥던 늑대 삼 형제가 고개를 돌렸다.

익숙한 미성에 본능적으로 반응한 것이었다.

하지만 그보다 먼저 당아린이 달려들었다.

끼잉! 끼잉!

그런데 그녀의 품에서 요상한 소리가 났다.

당아린의 품에 안겨 있던 새끼 여우가 송아지만 한 늑대 삼 형제를 보고는 기겁한 것이었다.

덩치도 덩치지만 풍기는 기운이 심상치 않아서인지 갈색

털을 가진 새끼 여우는 네 발로 당아린의 가슴을 붙잡고는 오들오들 떨었다.

"아, 미안, 미안! 우리 미호(美狐) 깜짝 놀랐구나."

반가운 마음에 늑대 삼 형제에게 득달같이 달려들던 당아린이 순간 멈칫거렸다.

그러고는 오들오들 떠는 새끼 여우를 달래기 시작했다.

쿵쿵! 쿵!

그런 새끼 여우를 향해 늑대 삼 형제가 어슬렁어슬렁 다가왔다.

새로운 식구에 냄새부터 맡았던 것이다.

그러다가 이번에 새로 당하린, 당아린 자매를 호위하게 된 두 명의 여인에게도 슬금슬금 다가갔다.

미호야 새끼 여우지만 새로이 찾아온 두 여인은 품고 있는 기운이 상당했기에 늑대 삼 형제는 꼬리를 내린 채로 조심스럽게 다가와 냄새를 맡았다.

"안 물어요. 그러니까 걱정하지 않으셔도 돼요."

"……진짜 늑대예요?"

"예. 좀 특이하긴 하지만 늑대예요. 머리도 똑똑하고. 훈련도 잘되어 있으니까 걱정하지 않아도 돼요."

추가적으로 합류하게 된 두 여인이 두 눈을 껌뻑였다.

당하린이 괜찮다고 말했지만 덩치가 워낙 크다 보니, 그것도 세 마리가 동시에 다가오니 긴장이 되었던 것이다.

주인인 정마룡에게는 강아지처럼 행동했으나 그렇다고 늑대가 개가 되는 건 아니었다.

때문에 두 여인은 내심 긴장하며 다가오는 늑대 삼 형제를 쳐다봤다.

쿵쿵!

하지만 의외로 늑대 삼 형제는 새로운 인원에 별다른 관심이 없었다. 냄새 몇 번 맡고는 이내 소하정과 채소설에게 달려갔던 것이다.

"아잉! 간지러워!"

두 여인만큼이나 긴장한 기색으로 다가와 냄새를 맡던 늑대 삼 형제가 몇 번 코를 쿵쿵거리고는 그대로 방향을 틀어 채소설에게 다가가서는 온갖 애교를 부렸다.

정마룡처럼 덮치지는 않았지만 코를 비비며 강아지처럼 굴었던 것이다.

그런데 신기한 건 소하정의 앞에서는 아예 배를 발랑 뒤집었다.

모든 것을 맡기고 순종하겠다는 듯이 배를 보이는 늑대 삼 형제의 모습에 새로이 승천무관에 합류한 두 여인이 실소를 흘렸다.

사박사박.

한편 늑대 삼 형제로 인해 소란스러울 때 석진호와 깊은 해후를 나누던 흑휘가 슬그머니 당아린에게 다가갔다.

무인환생

예전처럼 없는 사람 취급하지는 않았지만 그래도 웬만해서는 먼저 다가오지 않던 흑휘가 성큼성큼 거리를 좁히자 당아린이 눈을 빛냈다.

하지만 흑휘의 관심사는 그녀가 아닌 품에 안긴 새끼 여우였다.

스윽.

미호를 똑바로 쳐다보며 다가오는 흑휘의 모습에 당아린이 자기도 모르게 긴장하며 몸을 낮췄다.

승천무관의 주인은 석진호지만 목장의 지배자는 흑휘였다.

때문에 당아린은 조심스럽게 미호를 앞으로 내밀었다.

앞으로 함께 지내야 하는 만큼 인사를 시키는 게 맞다고 생각해서였다.

부들부들!

나이는 어려도 흑휘의 존재감을 본능적으로 느끼는 것인지 미호가 몸을 사시나무처럼 떨었다.

그뿐만 아니라 바닥에 고개를 푹 처박았다.

감히 마주 볼 엄두가 안 난다는 듯이 말이다.

크릉.

요란법석이었던 늑대 삼 형제와 달리 흑휘는 조용히 미호의 냄새를 맡았다.

그 모습을 당아린은 긴장한 얼굴로 쳐다봤다.

할짝.

당아린의 얼굴이 밝아졌다.

무심할 정도로 아무런 반응을 보이지 않은 늑대 삼 형제와 달리 흑휘는 의외로 미호를 반겨 주었다.

새끼라서 그런지 먼저 얼굴을 핥아 주었던 것이다.

그러자 부들부들 떨던 미호가 빠르게 안정을 찾았다.

"고마워, 흑휘야."

천천히 고개를 들더니 이내 흑휘를 마주 핥기 시작하는 미호의 모습에 당아린이 촉촉한 목소리로 말했다.

하지만 그녀가 그러거나 말거나 흑휘는 몇 번 더 미호를 핥아 주고는 이내 다시 석진호에게로 몸을 돌렸다.

"오셨어요, 관주님."

"우리가 없는 동안에 무관을 관리해 줘서 고마워."

"아니에요. 힘든 일도 아니었는데요. 저도 아이들이랑 놀아서 즐거웠고요."

뒤뜰에서 도지윤이 모습을 드러냈다.

흑휘와 늑대 삼 형제가 뛰어나갈 때부터 석진호 일행이 왔다는 사실을 알아차린 모양인지 그녀의 얼굴에 놀란 기색은 없었다.

"별일 없었지?"

"네. 흑휘도 있고 객잔의 아이들이 많이 도와주었어요."

"고생했어."

무인환생

"고생 많았어, 지윤아."

석진호의 곁으로 소하정이 다가왔다.

그러고는 진심으로 고맙다는 듯이 그녀의 손을 맞잡았다.

하지만 그 말에 도지윤은 고개를 저었다.

정말로 힘든 게 없어서였다.

"저보다는 흑휘가 많이 고생했어요. 저는 밥 챙겨 주고 텃밭을 돌본 것밖에는 없어요."

"그래도 사람이 신경 쓰는 것하고 안 쓰는 것하고 같나. 참! 사천성에 간 김에 선물을 좀 샀어. 이리 와 봐."

마차 안에서 그렇게 수다를 떨고도 아직 부족한 모양인지 소하정은 익숙하게 도지윤을 데리고서 마차로 갔다.

정확하게는 짐이 잔뜩 실려 있는 마차로 말이다.

사천당가에서 받은 선물은 물론이고 이곳저곳에서 준 선물로 인해 마차는 짐마차라 해도 과언이 아닐 정도였다.

그 짐들을 탁윤과 정마룡, 채소강과 원래부터 함께 있던 두 명의 남자 호위 무사, 그리고 늑대 삼 형제가 나르기 시작했다.

"우리 미호도 얼른 커야 할 텐데. 청랑이, 황랑이, 갈랑이처럼 똑똑하게 자라야 하는데."

바삐 짐을 나르는 사람들을 일별하며 당아린이 대놓고 중얼거렸다.

그러면서 그녀는 은근슬쩍 석진호를 쳐다보는 것도 잊지

않았다.

아기 늑대 삼 형제가 저렇게 든든하게 자란 것도, 그리고 영특해진 것도 그녀는 전부 다 석진호 덕분이라고 생각했다.

백 년급은 아니지만 수십 년은 묵었을 법한 조개들을 간간이 간식처럼 챙겨 줬던 게 바로 석진호였다.

'거대 뱀도 한 마리 더 잡아 왔으면 좋겠는데…….'

당아린이 괜히 부모님에게 미호를 독촉한 게 아니었다.

두 눈으로 직접 본 게 있기에, 게다가 현실적으로 가능성이 있어 보였기에 매번 서신으로 닦달한 것이었다.

흑휘를 가질 수 없다면 흑휘와 비슷한 아이를 만들겠다는 생각으로 말이다.

꾸웅?

그런 당아린의 앙큼한 야심을 느낀 건지 아니면 새로운 환경에 낯설어서 그런 건지 미호가 고개를 들어 그녀를 빤히 쳐다봤다.

하지만 정작 당아린은 그 시선을 느끼지 못하고 석진호만 계속 힐끔거렸다.

✳

여전히 기승을 부리는 추위를 느끼며 석진호가 접객실로 향했다.

무인환생

이른 아침부터 손님이 찾아왔기에 여유를 부리지도 못하고 하루 일과를 시작했다.

　"처음 뵙겠습니다! 삼성표국의 허양균이라고 합니다!"

　"아, 예."

　접객실에 들어가기 무섭게 이마가 땅에 닿을 기세로 허리를 굽히며 우렁차게 인사해 오는 허양균의 모습에 석진호도 반사적으로 고개를 숙였다.

　그러고는 조금 당혹스러운 얼굴로 허양균에게 자리를 권했다.

　"갑자기 찾아와서 죄송합니다. 미리 연락을 드리려고 했는데 사천당가에 가셨다는 소식을 들어서요."

　"어제라도 연락을 주셨으면 됐을 것 같은데요."

　"연락보다는 직접 관주님을 찾아뵙는 게 더 빠를 것 같아서. 언짢으셨다면 죄송합니다."

　"그보다 삼성표국에서 무슨 일로 본 무관을 찾아오신 겁니까?"

　자리에 앉은 석진호가 머릿속으로 삼성표국에 대해서 생각했다. 하지만 중원십대표국 중에 삼성표국이라는 이름은 없었다.

　그렇다고 딱히 기억에 남아 있는 이름도 아니었기에 석진호는 미간을 살짝 좁히며 허양균을 쳐다봤다.

　"다름이 아니라 저희 삼성표국도 승천무관과 계약을 맺고 싶어서요. 국주님께서 직접 오고 싶으셨으나 안타깝게도 현재 강소성에 표행을 나가 계신 상태라 제가 대신 오게 되었습니다."

"계약이라면?"

"석풍표국과 마찬가지로 저희도 단기 속성 과정 계약을 맺고 싶습니다."

"흐음."

표국에서 찾아왔다는 말에 석진호도 내심 예상은 하고 있었다.

그 정도로 단기 속성 과정은 표국계뿐만 아니라 많은 곳에서 뜨거운 반응을 보이고 있었다.

괜히 작년에 낭인들이 전표 다발을 들고서 승천무관의 문을 두드린 게 아니었다.

"금액은 충분히 준비해 왔습니다. 또한 절대 소란을 일으키지 않을 것을 약속드릴 수 있습니다!"

허양균이 조마조마한 얼굴로 석진호를 쳐다봤다.

그런 그의 눈동자에는 어리다고 무시하는 기색은 눈곱만큼도 없었다.

나이는 열아홉에 불과하지만 석진호가 지금까지 쌓아 온 무명과 실적은 감히 그가 비벼 볼 만한 수준이 아니었다.

더구나 그와 삼성표국은 석진호에게 매달려야 하는 입장인 만큼 간절한 얼굴로 대답을 기다렸다.

무인환생

"지금 당장은 대답해 드리기가 어렵고, 고민해 보고 따로 연락을 드리겠습니다."

"당분간 하정객잔에 머물 예정입니다. 그러니 언제라도 마음 편히 불러 주십시오!"

"알겠습니다."

원했던 대답이 아니었음에도 허양균은 연신 웃는 얼굴로 굽실거렸다.

계약을 맺지는 못했지만 그래도 거절하지는 않았기에 희박하게나마 가능성이 있다고 생각하는 것 같았다.

어찌어찌 허양균을 돌려보냈으나 그는 시작에 불과했다.

마치 기다렸다는 듯이 중소 표국은 물론이고 중견이라고 해도 과언이 아닌 표국들까지 승천무관을 찾았다.

이유는 하나같이 대동소이했다.

규모가 클수록 단기 속성 과정으로 계약을 맺고 싶어 했는데, 석진호는 허양균과 마찬가지로 애매모호하게 대답했다.

일단 휴식기라 급할 것도 없을뿐더러 경쟁을 붙일수록 그에게는 이득이었기 때문이다.

그 결과 승천무관의 곳간은 하루가 다르게 빵빵해져 갔다.

아직은 찬 바람이 부는 아침에 당아린이 앞섶을 여몄다.

하지만 서늘한 바람에도 호기심을 참을 수는 없는지 그녀의 앞섶에서 미호가 고개를 쏙 내밀었다.

"추울 텐데."

끼이잉!

어미젖을 뗐다고는 하지만 아직 미호는 새끼 여우였다.

그렇기에 당아린이 걱정 가득한 눈빛으로 슬며시 미호의 머리를 앞섶 안으로 밀었다.

하지만 호기심이 많은 미호는 끝끝내 버티며 자세를 고수했다.

"으휴."

당아린은 결국 고개를 절레절레 저었다.

누구를 닮아 고집이 센 건지 알 수 없다고 중얼거리면서 말이다.

그때 목장 순찰을 마치고 앞마당으로 나오던 늑대 삼 형제가 그녀를 발견하고는 다가왔다.

워울!

이제는 제법 늑대처럼 울부짖는 청랑이의 모습에 당아린이 절로 미소를 지었다.

강아지처럼 앙증맞았을 때가 엊그제 같은데 벌써 다 큰 모습을 보니 흐뭇해졌던 것이다.

"으이구, 이 녀석들."

스슥!

반면에 미호는 아직 늑대 삼 형제가 낯선 모양인지 아득바득 고개를 내밀던 방금 전과 달리 앞섶 안으로 쏙 들어갔다.

정작 늑대 삼 형제는 관심도 안 보이는데 말이다.

컹컹!

"그래그래, 간식 먹을 때가 됐지? 자, 하나씩 먹으렴."

흑휘를 꼬드기려고 준비하다 보니 이제는 육포를 챙기는 게 습관이 되었다.

거기다 늑대 삼 형제도 육포를 정말 좋아했기에 이제는 필수품이 된 육포를 당아린은 아이들에게 하나씩 물려 주었다.

끼잉?

헐레벌떡 먹기보다는 음미하듯 육포를 천천히 씹는 청랑이, 황랑이, 갈랑이의 머리를 당아린은 차례대로 쓰다듬어 주었다.

그러자 밖의 동태가 궁금했던 모양인지 슬쩍 고개를 내민 미호가 초롱초롱한 눈으로 육포에 정신이 팔린 늑대 삼 형제를 힐끔거렸다.

"너무 경계하지 마. 앞으로 같이 지낼 오빠들인데. 그러고 보니 암컷은 우리 미호뿐이고 전부 다 수컷들이네?"

먹을 때는 개도 안 건드린다지만 워낙에 새끼 때부터 길러서 그런지, 아니면 당아린의 힘을 알아서 그런지 늑대 삼 형제는 육포를 먹는 와중에 쓰다듬어도 가만히 있었다.

자기들끼리 서열전을 벌일 때는 그렇게 살벌할 수가 없는데 말이다.

그러다가 문득 그녀는 미호를 제외한 네 마리가 수컷이라는 사실을 깨달았다.

끼잉?

"우리 미호도 언젠가는 새끼를 낳겠지? 근데 상상이 안 간다."

"아가씨."

미호가 발버둥을 쳤다.

갑자기 끌어안으니 답답했던 것이다.

그런데 그때 탁윤이 모습을 드러냈다.

"아, 안 그래도 윤이 너한테 가고 있었는데."

"저를요?"

"응응! 윤이 너한테 부탁하고 싶은 게 있거든."

탁윤이 퉁방울만 한 눈을 끔뻑거렸다.

정마룡과 함께 셋이서 대련을 자주 하며 친해지기는 했지만 이렇게 부탁할 게 있다고 찾아온 적은 이번이 처음이었다.

그래서 탁윤은 얼굴 가득 의아한 표정을 지었다.

"부탁요?"

"응. 올해부터는 윤이 네가 초대하를 잡잖아. 관주님 대신에."

"맞아요."

"혹시 오래 묵은 조개도 잡을 수 있어? 내가 물질은 젬병

무인환생

이라."

이제는 친하다고 해도 과언이 아닌 사이였지만 그럼에도 당아린은 조심스럽게 물었다.

사천당가였다면 대뜸 명령을 했겠지만 이곳은 승천무관이었다.

또한 탁윤이 얼마나 순박하고 착한 아이인지 알았기에 당아린은 함부로 대할 수가 없었다.

정마륭이었다면 농담도 하고 심한 장난도 쳤겠지만 탁윤에게는 그러기 힘들었다.

"미호 때문인가요?"

"으응. 윤이 너도 알겠지만 나도 마륭이랑 같은 생각이라."

탁윤의 시선이 당아린의 품 안에서 꼼지락거리는 미호에 닿았다.

사천당가를 떠날 당시 그녀가 미호를 데리고 간다고 했을 때부터 일행 모두가 알았다.

당아린이 정마륭과 같은 꿈을 품고 있음을 말이다.

실제로 어느 정도 성과를 보이기도 했으니 당아린이 새끼 여우를 구한 것도 이해가 안 가는 것은 아니었다.

"조개로 가능할까요? 삼랑이들은 조금 특수한 경우잖아요. 저는 지금까지 먹인 조개보다는 거대 물뱀의 피가 영리함에 가장 큰 영향을 끼쳤다고 생각해요."

"나도 그건 아는데, 현재 그런 녀석을 잡을 수 있는 건 관주님뿐이잖아."

"그렇긴 하죠."

당아린의 얼굴이 어두워졌다.

그걸 그녀라고 모르지 않았다.

하지만 석진호가 나서지 않는 이상 거대 물뱀 같은 괴물을 다시 잡을 가능성은 없었기에 어쩔 수 없이 탁윤에게 부탁하는 것이었다.

지난번 거대 물뱀만큼은 아니더라도 오래 묵은 조개들을 먹이다 보면 영성이 트이지는 않을까 싶어서 말이다.

"마음 같아서는 내가 직접 바다에 들어가서 잡고 싶은데, 내가 물을 무서워해서. 수공을 못 익히기도 했고."

"일단 구해는 볼게요."

"정말?"

"예. 서식지라고 해야 하나 영역이라고 해야 하나. 어쨌든 초대하가 돌아다니는 곳이 넓어서 조개들도 많이 보이거든요. 백 년 묵은 녀석들은 못 봤지만 몇십 년 묵은 건 몇 번 봤어요."

당아린이 반색한 표정을 지었다.

대뜸 석진호에게 부탁하기가 무안했는데 첫 단추는 어찌어찌 잘 끼운 것 같아서였다.

"고마워, 윤아! 이 도움은 내가 절대 잊지 않을게!"

무인환생

"너무 기대하지는 마세요. 못 구할 수도 있으니까요. 사실 초대하도 겨우겨우 잡는 거라서요."

"그래도 조금씩 요령이 생기고 있잖아. 나도 욕심 부리는 거 아니까 무리하지는 말고. 너 다치거나 잘못되면 나 쫓겨나는 거 알지?"

"하하."

탁윤이 머쓱하게 웃으며 뒷머리를 긁적였다.

무심한 척하지만 그나 소하정을 끔찍이 챙기는 게 석진호였다.

그걸 알기에 탁윤은 어색하게 웃었다.

"무슨 얘기를 하고 있어?"

"관주님."

"그, 그냥 이런저런 이야기요."

헥헥!

석진호의 등장에 육포를 다 먹고 얌전히 놀고 있던 늑대 삼 형제가 엎드리며 머리를 조아렸다.

마치 훈련을 잘 받은 번견처럼 복종의 자세를 취했던 것이다.

그에 반해 당아린은 평소 그녀답지 않게 말을 더듬었다.

"근데 말은 왜 더듬으시나?"

"관주님이 갑자기 나타나니까 그렇죠!"

음모를 짜다가 들킨 것처럼 당아린의 얼굴이 붉어졌다.

다 자란 것 같아도 아직은 어린아이 같은 면모에 석진호는 피식 웃으며 말을 이었다.

"보이면 잡아는 드리죠."

"예?"

"저도 궁금하기는 하니까요. 표본은 많을수록 좋으니까. 대신 한 가지 부탁이 있는데……."

"본가로 돌아가라고요? 저도 그러고 싶은데 언니 고집이 완전 쇠고집이라."

반색했던 당아린이 어깨를 으쓱거렸다.

사실 석진호보다 더 당하린을 본가로 데려가고 싶은 건 그녀였다.

또 석진호가 사천당가에 머물 당시 겸사겸사 두고 오려고 했던 것도 알았다.

하지만 결과적으로 당하린의 고집을 꺾지는 못했다.

"으음!"

"이제는 아빠도, 할아버지도 언니 편인지라."

"……."

석진호의 표정이 어두워졌다.

직접적으로 말하지 않았지만 누구보다 눈치가 빠른 게 그였다.

개천에서 용 났다는 말을 수도 없이 들었고, 수많은 여인들과 가문들이 그를 잡고자 달려들었던 적도 수십 번이었다.

무인환생

그렇기에 사천당가의 속셈이 훤히 보였다.

"그리고 저도 이제는 좀 자존심이 상하기도 하고요. 우리 언니가 어때서요?"

"좋은 분이니까 저랑은 안 어울린다고 생각하는 겁니다. 당 소저라면 저보다 훨씬 더 좋은 배경과 신분을 가진 분과도 만날 수 있을 테니까요."

당아린이 특유의 매서운 표정을 지었다.

어째 당하린을 퇴짜 놓는 것 같다는 느낌이 들어서였다.

그래서 그녀는 쌍심지를 켜며 석진호를 노려봤다.

"저에게는 퇴짜 놓는 것으로밖에는 안 들리는데요?"

"그럴 리가요. 당 소저께서 잘못 느끼신 겁니다. 제가 어찌 감히 사천당가의 여식을."

석진호가 어깨를 으쓱거렸다.

그런데 그게 당아린의 심기를 건드렸다.

물론 석진호가 대단하다는 건 알았다.

하지만 당하린도 어디 가서 꿀리는 신분은 아니었다.

"말이랑 행동이랑 너무 다른 거 관주님도 아시죠?"

"저는 이만."

더 이상 말해 봤자 싸움만 날 게 뻔하기에 석진호는 나타났을 때와 마찬가지로 바람처럼 사라졌다.

그러자 당아린이 거칠게 땅을 내려찍었다.

"얄미워 죽겠어!"

순식간에 사라지는 석진호를 향해 본심을 여지없이 드러내는 당아린을 보며 탁윤이 머쓱한 표정을 지었다.

이러지도 저러지도 못하는 상황에 탁윤은 머리를 긁적일 수밖에 없었다.

하정객잔의 이 층에 묘한 분위기가 감돌았다.

다들 서로 아는 얼굴들인지 인사는 주고받았지만 눈빛은 심상치 않았다.

하나같이 견제하는 눈빛으로 서로를 쳐다봤던 것이다.

"역시 이렇게 되는군."

가장 먼저 승천무관을 찾았던 허양균이 씁쓸한 표정을 지었다. 예상을 하기는 했지만 생각보다 더 많이 몰린 것 같아서였다.

가뜩이나 십대표국에 치이는데 거기에 중견 표국들까지 황화현에 모습을 드러내자 허양균은 초조해졌다.

그로서는 이번 계약을 반드시 성사시켜야 했기에 그는 음식이 식어 가고 있었음에도 좀처럼 수저를 들지 못했다.

'방법을 찾아야 해.'

그가 일부러 하정객잔에 방을 잡은 것처럼 다른 표국의 사람들도 당연하다는 듯이 하정객잔에 짐을 풀었다.

武人還生
무인환생

승천무관과 하정객잔의 관계를 알기에 일부러 이곳에 투숙하는 것이었다.

'이대로라면 승산이 없어.'

계약을 맺고 싶어 하는 사람은 많지만 자리는 한정되어 있었다.

심지어 석진호는 지금까지 단기 속성 과정 계약을 맺을 때 스무 명 이상을 받지 않았다. 그 말인즉 정원은 스무 명 정도로 잡아야 한다는 얘기였다.

'근데 여기 모인 표국만 스무 곳이 넘지.'

허양균의 눈동자가 빠르게 이 층을 훑었다.

하정객잔에만 방을 잡은 표국들만 스무 곳이 넘었다.

황화현에 석진호 소유의 객잔이 하나 더 있다는 걸 생각하면 최소 마흔 곳은 생각해야 했다.

단순히 산술적으로만 따졌을 때 말이다.

"중원 전역에서 죄다 몰려든 건가……."

이곳에 모인 표국들만 하더라도 어느 곳 하나 만만한 곳이 없었는데 다른 객잔에 방을 잡았을 표국들까지 생각하자 허양균은 머리가 캄캄해졌다.

쉽지는 않을 거라 생각했지만 경쟁이 이 정도로 심각할 줄은 예상하지 못했다.

"후우……."

"하……!"

그런데 그건 다른 이들도 마찬가지인 듯 여기저기에서 깊은 한숨 소리가 들려왔다.

다들 허양균과 같은 심정인 듯싶었다.

'냉정하게 따져 자금으로 붙으면 승산이 없어. 그러니 다른 방법을 찾아야 해.'

삼성표국의 규모는 결코 크지 않았다.

만약의 사태에 대비해 계약금을 넉넉히 가져오기는 했지만 그렇다고 중견 표국과 돈으로 붙을 정도는 절대 아니었다.

때문에 허양균은 궁리하고 또 궁리했다.

'절대 이대로 물러날 수는 없어.'

석진호 덕분에 석풍표국이 고질적인 단점을 극복한 걸 업계 관계자들은 모두 보았다.

물론 몇몇은 백마표국이 지리멸렬하면서 석풍표국이 자연스레 덕을 본 것도 있다고 말했지만 그건 반만 맞는 소리였다.

오히려 가장 큰 덕은 백마표국이 무너지고 자연스럽게 십대표국에 합류한 비룡표국이 봤다.

실제로 비룡표국주 역시 그 사실을 인정했고.

'반드시 잡아야 해.'

허양균의 두 눈이 형형하게 빛났다.

지금까지 알려진 사실을 토대로 보면 석진호는 신의를 아는 인물이었다.

무인환생

석가장에서 천대받던 시절 거의 유일하게 챙겨 준 석덕월에게 은혜를 갚은 것만 봐도 그 성정을 알 수 있었다.

또한 사천성을 대표하던 고수인 구가검문주를 단독으로 쓰러뜨린 강자가 석진호였기에 친분을 쌓아 둬서 나쁠 건 없었다.

후루룩!

다 식은 소면을 이제야 한입 먹으며 허양균은 골똘히 생각에 잠겼다. 그러나 딱히 '이거다!'라고 할 만한 방법은 떠오르지 않았다.

워낙에 물욕이 없기로 소문난 석진호였기에 딱히 공략할 거리가 없었던 것이다.

다들 괜히 고심하는 게 아니었다.

날이 밝기 무섭게 석미룡이 승천무관을 찾았다.

백년자패의 유통 계약을 더 이상 연장하지 않겠다는 말에 한달음에 달려온 것이다.

"뭐가 그리 급해?"

"내가 안 달려오게 생겼어? 백년자패의 공급을 끊겠다는데?"

"끊는다니. 계약 기간이 끝났고, 난 연장하지 않겠다고 말한 것뿐인데. 그리고 덧붙이자면 더 이상은 공급을 '못' 하겠다는 거야. 일 년 동안 하도 잡아서 그런지 백 년 정도 묵은 것들이 씨가 말랐어."

"얼마나 잡았다고 씨가 말라? 바다가 얼마나 넓은데."

석미룡이 기가 찬다는 표정을 지었다.

하지만 그 표정은 창졸간에 사라졌다.

아쉬운 쪽은 그녀였기에 금세 표정 관리에 들어간 것이었다.

"바다는 넓지만 내가 있는 곳은 황화현이지."

"생각해 보니까 많이 잡기는 한 것 같네. 그런 영물들이 흔한 게 아닌데."

석진호의 비위를 맞추려는 듯 석미룡이 사뭇 진지한 얼굴로 말했다.

그리고 어느 정도는 그녀도 맞다고 생각했다.

곰곰이 생각해 보니 지금껏 구하기 힘들었던 백년자패나 백년홍패를 거의 무더기로 받은 것이나 마찬가지였다.

그러니 씨가 말랐다는 말도 틀리지는 않을 터였다.

'하지만 문제는 나에게 백년자패가 필요하다는 거지.'

석진호가 공급해 주는 백년자패로 석미룡은 단 일 년 만에 기존의 세력을 두 배 이상 키웠다.

백년자패라는 영물로 두 오빠들에 비해 부족했던 고수들을 충원, 혹은 성장시켰고 유통하면서 소위 말하는 거물들과

무인환생

도 안면을 텄다.

그런데 이 중요한 시기에 석진호가 계약 만료를 이유로 공급을 끊겠다고 하자 석미룡은 앞이 캄캄했다.

두 오빠들을 많이 따라잡기는 했지만 아직은 갈 길이 멀었다.

"거기다 비밀로 하기로 한 약속까지 동네방네 다 떠들었고 말이지."

"그, 그건 나도 변명할 거리가 있어. 다른 곳도 아니고 사천당가에서 압박해 들어오는데 나라고 별수 있어? 아버지라면 비밀 유지가 가능했겠지만 나는 아니라고. 난 석가장주가 아니니까. 그리고 결과적으로 우리 셋 다 좋게 풀렸잖아?"

"말은 똑바로 해야지. 내가 잘해서지, 누나 덕분은 아니지. 발단은 누나였으니까."

"미안."

석미룡이 곧바로 사과했다.

다행히 일이 좋게 해결되었기에 그냥저냥 넘어간 줄 알았는데 이렇게 가슴에 담아 두고 있을 줄은 몰랐다는 기색이 석미룡의 눈동자에 잠시 떠올랐으나 그건 금세 사라졌다.

대신 석미룡은 얼굴 가득 미안한 기색으로 고개를 숙였다.

"지나간 일이니 그 얘기는 이쯤 하고. 다시 본론으로 돌아와서 백년자패 건은 나도 어쩔 수 없어. 수량이 점점 줄어든 건 누나도 알고 있을 테고."

"그래도 잡으면 나한테 팔아 주면 안 될까?"

석미룡이 간절한 눈빛으로 석진호를 쳐다봤다.

하지만 그런 그녀의 눈빛에도 석진호는 눈 하나 깜빡이지 않았다.

백년자패를 거래한 건 석미룡이 가지고 있는 유통망이 필요해서였지 그녀를 밀어주기 위해서가 아니었다.

형제 중 그나마 말이 통하는 상대가 그녀였을 뿐, 석진호는 석가장의 승계 다툼의 조금도 관심이 없었다.

"생각해 보고."

"우와, 진짜 너무한다. 우리는 그래도 형제인데."

"공과 사는 구분해야지."

"이제 나는 필요 없다, 이거지? 진짜 서운하다."

석미룡이 울 것 같은 표정을 지었으나 석진호는 조용히 차만 들이켰다.

저게 연기라는 걸 너무나 잘 알아서였다.

"알았어. 그렇게 단호하다면 어쩔 수 없지. 대신 정당하게 경쟁하는 건 괜찮지?"

"물론."

"아, 그리고 한 가지 더. 사실 난 이게 더 중요하거든. 단기 속성 과정. 이걸로 황화현이 떠들썩하다며?"

"통곡의 벽에 막혀 있는 이들은 의외로 많으니까."

"이것도 안 해 줄 거야?"

무인환생

석미룡이 살짝 떨리는 목소리로 물었다.

단기 속성 과정으로 가장 큰 덕을 본 곳은 석풍표국이었지만 그녀도 만만치 않았다.

때문에 그녀는 단기 속성 과정 계약만큼은 반드시 따내고 싶었다.

"고민해 보고. 누나도 알다시피 내가 지금은 휴식기라. 작년에 너무 빡짝 일해서 휴식이 좀 필요하거든. 나뿐만 아니라 애들도 마찬가지고."

"그래도 우선권은 줄 거지? 나부터 생각해 줄 거지? 그럴 거지?"

석미룡이 평소답지 않게 애교를 부렸다.

그러나 석진호는 칼같이 고개를 저었다.

이제는 굳이 석미룡하고만 계약을 맺을 필요가 없어서였다.

작년의 승천무관과 지금의 승천무관은 비교가 불가능할 정도로 위상이 달라졌으니까.

제40장 봄이 왔나?

　"징그러워."

　"……아무리 그래도 면전에다 대고 너무 심하게 말하는 거 아냐?"

　대놓고 인상을 찌푸리는 석진호의 모습에 석미룡이 쌍심지를 켰다.

　자신도 거북스럽지만 어쩔 수 없이 애교를 부렸는데 저런 반응을 보이니 자존심이 상했던 것이다.

　"어울리지 않는 짓은 하지 말고. 단기 속성 과정은 나도 장담 못 해. 계약을 맺고 싶어 하는 곳들이 워낙 많더라고."

　"그래도 우리는 형제인데."

　"아까도 말했지만 공과 사는 구분해야지. 그리고 챙겨 준

건 작년에 충분히 챙겨 준 것 같은데."

"너무해."

석미룡이 진심으로 서운한 표정을 지었다.

하지만 더 이상 따지지는 못했다.

거래를 맺으면서 석진호도 분명히 이득을 봤지만 냉정하게 따져 봤을 때 더 큰 이득을 본 쪽은 그녀였다.

석진호가 백년자패 등등을 공급해 줬기에 지금의 세력을 일굴 수 있었으니까.

"아예 안 된다는 말은 아냐. 찾아오는 손님들에게 다 똑같이 하는 말이 이거기도 하고."

"알았어. 정정당당하게 경쟁할게. 그래도 두 오빠들보다는 사정이 나으니까."

석진룡이 승천무관까지 찾아왔다가 단칼에 거절당한 이야기를 잘 알고 있었기에 석미룡이 웃었다.

일단 최악은 아니라는 생각이 들어서였다.

게다가 현재 석진호의 위상을 생각하면 어느 정도 걸러 낼 시기가 되기도 했다.

"너무 서운해하지는 말고."

"그래도 조금은 챙겨 주었으면 하는 마음이 있는데."

"그것도 고민해 보는 걸로."

"말로만 그럴 거면서."

석미룡이 피식 웃었.

武人還生
무인환생

한두 번 본 게 아니기에 석진호의 성향은 진즉에 파악했다.

그래서 그녀는 입맛을 다실 뿐 더 이야기하지는 않았다.

조른다고 넘어올 거였으면 진즉에 해 주었을 터였다.

'그래도 아쉽네. 한창 탄력받고 있었는데.'

담담한 얼굴로 차를 들이켜는 석진호를 물끄러미 쳐다보며 석미룡이 다시 한번 입맛을 다셨다.

정말 중요한 순간에 제동이 걸려서였다.

하지만 그렇다고 앉아서 기다리고만 있을 생각은 없었다.

'다행인 건 큰오빠가 쫄딱 망했다는 거지.'

석진호에게서 퇴짜를 맞은 석진룡은 곧바로 유명한 무관들을 찾았다.

휘하에 있는 무인들이 통곡의 벽을 넘을 수 있도록 도와주기 위해서였다.

하지만 결과적으로 그 계획은 실패했다.

돈은 돈대로 쓰고 결과 역시 좋지 않았던 것이다.

'덕분에 경쟁이 더 심해졌지.'

석진룡과 같은 생각을 가진 이는 의외로 많았다.

승천무관이 유명해졌다고 하지만 오랜 역사와 전통을 가진 무관은 중원에 수도 없이 많았다.

그중에는 대문파 못지않은 위세를 가진 곳도 있었고.

때문에 많은 곳들이 승천무관의 단기 속성 과정과 비슷한 것을 문의했고, 실제로 계약을 맺은 곳도 많았다.

하지만 결과적으로 성공한 사례는 손에 꼽았다.

정식 관도도 아니고 수련생이란 신분에다가, 더욱이 석진호처럼 지도 대련을 하며 자연스럽게 유도해 줄 수 있는 이는 중원에 몇 없어서였다.

게다가 성공한 사례도 운이 크게 작용했다는 게 통설이었다. 만약 진짜 능력이 있었다면 석진호처럼 전부 다 통곡의 벽을 넘게 해 줬을 텐데 안타깝게도 그런 곳은 단 한 곳도 없었다.

'석풍표국에 한번 찾아가 봐야겠네.'

큰오빠에 대한 생각을 끝낸 석미룡이 석풍표국을 떠올렸다. 발등에 불이 떨어진 건 석풍표국 역시 마찬가지일 것이었기에 머리를 맞대 볼 생각이었다.

백지장도 맞들면 낫다는 속담처럼 혼자 고민하는 것보다는 함께 궁리하는 게 나을 것 같았다.

새벽안개를 가르며 석진호가 오랜만에 뒷마당을 둘러봤다.

그리고 그 어깨에는 당연하다는 듯이 흑휘가 있었다.

오랜만의 산책이라 그런지 흑휘는 두 눈을 초롱초롱 빛내며 석진호의 어깨에 위풍당당하게 앉아 있었다.

武人還生
무인환생

마치 목장을 자랑하듯이 말이다.

냐아옹!

"그래그래, 고생 많았다. 네가 고생한 거 다 알고 있어. 거기다 애들 교육까지 시키고 있으니."

늑대 삼 형제가 영리한 건 사실이었지만 그건 짐승들 기준이었고 흑휘와 비교하면 많이 모자랐다.

사람 말귀를 다 알아듣는 흑휘와 달리 늑대 삼 형제는 익숙하고 자주 듣는 말만 알아들었다.

물론 그것만 하더라도 장족의 발전이지만 그래도 아직은 영물이라 하기 힘들었다.

고로롱. 고롱.

흑휘의 목을 가볍게 긁어 주며 석진호가 처음보다 세 배는 족히 넓어진 목장을 찬찬히 둘러봤다.

가장 먼저 축사가 눈에 들어왔는데 닭은 물론이고 오리와 꿩이 다 함께 어울려 지내고 있었다.

병아리들과 새끼 오리들 역시 새벽임에도 삑삑거리며 돌아다녔다.

음머어!

뒤이어 소와 돼지도 보였는데 숫자가 상당히 늘어나 있었다.

사슴과 염소도 자기들만의 영역을 구축하고 있었다.

대신 토끼들의 숫자가 예전에 비해 확연히 줄어 있었다.

"말을 좀 더 사야 하나."

사천당가의 호위 무사들이 타고 온 말들이 원래 목장에 있던 말들과 잘 어울리는 모습을 보며 석진호가 턱을 쓰다듬었다.

소에 비해 활용도가 크지 않은 말이었지만 있어서 나쁠 것은 없었다.

더구나 이제는 탁윤과 정마륭, 채소강, 채소설 남매도 말을 탈 줄 알았기에 숫자를 늘려도 괜찮을 것 같았다.

돈이 부족한 것도 아니었고 말이다.

"아니면 야생마를 좀 잡아?"

야생에서 산짐승들과 투쟁하며 살아남은 녀석들이었기에 길들이기가 쉽지는 않았지만 석진호에게는 흑휘가 있었다.

그렇기에 생포하기만 한다면 길들이는 건 어렵지 않을 터였다.

"아무리 사납다고 해도 죽음 앞에서는 굴복할 수밖에 없지."

야옹!

흑휘가 대답하듯 짧게 울었다.

그러고는 이내 앞발을 핥기 시작했다.

조용하니 운치도 있겠다, 오랜만에 석진호와 오붓하게 산책을 하니 기분이 좋은 모양이었다.

"삼랑이도 이제 지키는 것 정도는 잘하기도 하고."

울타리가 있지만 마음먹고 탈출하려고 하면 못 할 것도 없었다.

하지만 가축들이 목장을 탈출한 경우는 없었다.

가축들도 아는 것이다.

여기가 제일 안전하다는 것을.

저벅저벅.

천천히 목장을 둘러본 석진호는 소하정이 직접 관리하는 작은 텃밭으로 향했다.

그런데 그곳에 선객이 있었다.

상당히 이른 시간임에도 텃밭에 물을 주는 사람이 있었던 것이다.

"당 소저?"

"어머?"

"매일 이 시간에 나왔던 겁니까?"

석진호가 두 눈을 동그랗게 떴다.

자세를 보아하니 한두 번 물을 준 게 아닌 것 같아서였다.

"아, 네. 제가 아침잠이 좀 없어서요. 새벽 공기가 상쾌하기도 하고. 산책 겸 늘 나와요. 차밭도 신경 써야 하고."

차를 직접 재배해 보고 싶다고 해서 석진호는 따로 그녀를 위해 땅을 내주었다.

그런데 차밭뿐만 아니라 소하정의 텃밭까지 관리할 줄은 몰랐기에 석진호는 놀란 표정을 감추지 못했다.

"애들을 시켜도 될 텐데."

"막상 하면 시간이 그리 오래 안 걸려요. 그리고 정성을 들인 것과 안 들인 것은 의외로 꽤 많이 차이 나거든요."

"그렇습니까."

석진호가 새삼스럽다는 눈빛으로 당하린을 쳐다봤다.

그녀에게 이런 면모가 있을 줄은 몰라서였다.

"산책 나오신 거예요?"

"예. 목장을 안 둘러본 지 꽤 된 것 같아서요. 비어 있는 땅도 어떻게 쓸지 고민해 볼 겸. 차밭은 어떻습니까?"

"본가에서 가져온 황대차(黃大茶)는 아무래도 여기의 기후와는 잘 안 맞는 것 같아요. 그래도 오룡차(烏龍茶)나 말리화차(茉莉花茶)는 잘 자라고 있어요. 다른 꽃들도 키우는 중이고요. 물론 잘 키우는 것만큼이나 발효랑 말리는 기술도 중요하지만요."

"그건 제가 도와드릴 수 있을 것 같습니다."

요리도 요리지만 차에도 일가견이 있는 게 석진호였다.

살아온 세월만큼 마셔 본 차도 다양했고, 키우는 건 못해도 볶는 거나 발효는 자신 있었다.

절대 미각에 가까운 능력도 있었고 말이다.

"그래 주시면 저야 감사하죠."

"힘드신 점은 없으십니까? 불편하신 점이나."

"흐음, 하나 있는데 말해도 돼요?"

"물론이죠."

"관주님 말투요."

석진호가 두 눈을 껌뻑거렸다.

무슨 말인지 순간적으로 이해가 안 갔던 것이다.

그런 석진호를 향해 당하린이 웃으며 말을 이었다.

"지난번에도 말씀드렸던 거 같은데. 말 편하게 하셔도 된다고요. 그때야 함께 지낸 지 얼마 안 되었으니까 그러려니 했는데 이제는 아니잖아요. 앞으로 지낼 시간도 많고. 그러니까 이제는 말 놓아 주셨으면 좋겠어요."

"그렇다면야."

석진호가 어깨를 으쓱거렸다.

별로 어려운 부탁이 아닐뿐더러 진짜 오 년을 채울 것 같았기에 석진호는 고민하지 않고 바로 말을 놓았다.

"훨씬 낫네요."

"너도 편하게 해."

"저는 이게 편해요. 아린이는 당장 놓겠지만."

"동생은 글쎄."

석진호가 고개를 갸웃거렸다.

당아린과는 말을 놓지 않는 게 더 나을 것 같아서였다.

지금만 해도 툭하면 시비 아닌 시비를 거는데 말까지 편하게 하면 더 심하게 나올 게 자명했다.

"말은 톡톡 쏴도 성격은 착해요."

"그건 알지."

"저랑 같이 차밭을 가꾸고 있기도 하고요. 참, 주변 땅도 오라버니 거잖아요."

"오라버니?"

석진호가 순간 눈살을 찌푸렸다.

생소한 단어에 닭살이 돋았던 것이다.

하지만 당하린은 생글거리며 말을 이었다.

"말 편하게 하라면서요. 그리고 저보다 연장자이시니 오라버니가 맞죠. 아니면 가가라고 불러 드릴까요?"

"그냥 오라버니로 해."

가가라는 단어는 오해의 소지가 다분했기에 석진호는 곧바로 고개를 저었다.

가뜩이나 당군성이 엉큼한 마음을 품고 있는 마당에 가가라고 불린다면 말도 안 되는 소문이 순식간에 하북성을 넘어 전 중원에 퍼질 수도 있었다.

'그렇게는 안 되지.'

아직 혼인에 대해 딱히 생각은 없지만 그렇다고 평생 혼자 살 생각은 아니었다.

혼자 산 경험은 질리도록 해 봤으니 이번 생은 혼례를 올리는 것도 나쁘지만은 않다고 생각했다.

어차피 전생들과는 다르게 살기로 마음먹기도 했고.

처자식 먹여 살릴 자신도 있었다.

'능력이야, 두말하면 입 아프니까.'

자랑도 아니고 허세도 아니었다.

몇 명이 됐든 석진호는 먹여 살릴 자신이 있었다.

이미 소하정과 탁윤, 정마륭의 노후도 착실히 준비 중이었고.

"저는 가가도 좋은데."

"오라버니로. 근데 무슨 말을 하려고 했어?"

"이대로 땅을 놀리는 것보다는 과수원으로 활용하는 건 어떨까요? 과일을 객잔에서 요리에 사용해도 되고, 아니면 판매해도 되고요."

"호오."

"참고로 이건 객잔주님 생각이에요. 요즘에 과일을 활용한 요리를 연구하고 있거든요."

석진호가 솔깃한 표정을 지었다.

안 그래도 늘어난 땅을 어떻게 사용해야 하나 고민하고 있던 중이었다.

놀려도 상관은 없지만 그러기에는 좀 아까운 게 사실이었다.

'과수원이라.'

그러던 차에 과수원을 거론하자 석진호는 나쁘지 않다는 생각이 들었다.

꾸준히 관리를 해 줘야 하는 만큼 인력이 필요하겠지만 다행히 일손을 구하는 건 어렵지 않았다.

"표정을 보니 괜찮으신가 봐요?"

"나쁘지 않은 생각 같아. 일단 유모하고 얘기를 나눠 봐야 겠어."

긍정적인 대답에 당하린이 미소를 지었다.

그러나 물끄러미 쳐다보는 그녀의 시선에도 석진호는 과수원에 대해서만 생각했다.

영업을 시작하는 시간에 맞춰 소하정은 하정객잔을 찾았다. 하루에 한 번씩 감독하기 위해 방문하는 것이었다.

그런데 이제 막 장사를 시작했을 텐데 일 층에는 벌써 손님이 있었다.

"이제 오는구려."

반갑게 인사하는 중년인과 달리 소하정의 얼굴은 그리 밝지 않았다. 그러나 미약하게 굳어지는 그녀의 반응에도 중년인은 연신 웃고 있었다.

"오늘도 오셨네요."

"하정객잔의 음식이 맛있는 건 이제 황화현 사람이라면 전부 다 알지 않나. 게다가 나는 챙겨 주는 이 하나 없는 홀몸이라 더욱더 끼니에 신경 써야 하고. 나이가 나이인지라 끼

武人誕生
무인환생

니를 거르면 이상하게 힘이 없더라고."

"그럴 나이이기는 하죠."

소하정이 떨떠름한 얼굴로 대답했다.

그러는 사이 점소이들과 숙수들이 우르르 몰려와 인사했다. 하지만 누구 하나 그녀의 등장에도 싫어하는 기색을 보이지 않았다.

워낙에 잘 챙겨 주었기에 그녀를 좋아하면 좋아했지 싫어하지는 않았던 것이다.

"소 객잔주도 이제 슬슬 신경 써야 해. 아직은 젊다고 무리하다간 한순간에 확 갈 수 있어. 그런 사람 한둘 본 게 아니야."

"걱정해 주셔서 고마워요."

몰려온 아이들의 인사를 일일이 받아 주며 소하정이 건성으로 대답했다.

하지만 그런 그녀의 태도에도 중년인은 유들유들하게 웃었다.

'과연 언제까지 튕길 수 있을까.'

중년인이 히죽 웃으며 멋들어지게 기른 콧수염을 만지작거렸다.

처음 작업을 칠 때 대부분의 반응은 소하정과 대동소이했다. 하지만 마지막에는 늘 그 없이는 못 살겠다고 여자 쪽에서 매달렸다.

외모도 외모지만 그의 진짜 매력은 침대 위에서 발현되었기에 중년인은 자신 있었다.

'결국 너도 넘어오게 될 게야. 그리고 이 하정객잔도, 다른 객잔도 내 것이 되겠지.'

지금까지 즐겨 왔던 자유분방한 생활은 청산해야겠지만 정착지가 소하정이라면 절대 나쁘지 않았다.

일단 재산도 있을뿐더러 한창 강호에서 뜨겁게 거론되는 고수인 석진호의 비호도 받을 수 있었다.

숱한 여인들과 염문을 뿌린 그였기에 그늘은 반드시 필요했다.

그리고 그 그늘이 석진호라면 차고 넘쳤다.

'쩝! 확실히 명문가는 명문가란 말이야. 평범한 가문에서 태어난 아이였다면 한번 도전해 봤을 텐데. 사천당가의 여식이라 언감생심 꿈도 꾸지 못하니.'

중년인의 시선이 소하정을 지나 적당한 거리를 두고 서 있는 당하린에게로 향했다.

빙기옥골이라는 말이 절로 떠오를 정도로 새하얀 피부에 가지런한 눈썹, 거기에 경장을 입었음에도 능히 짐작할 수 있는 풍만한 가슴과 엉덩이는 그의 하물을 불끈거리게 만들었다.

하지만 그 음심을 중년인은 숨기고 또 숨겼다.

만약 들키기라도 하면 경을 치고도 남았기에 그는 재빨리 고개를 돌렸다.

무인환생

'어후!'

그러나 머릿속에는 여전히 잔상처럼 당하린의 얼굴과 몸매가 아른거렸다. 소하정이 나이에 비해 관리가 잘되었다고 하지만 당하린과 나란히 두고 비교하면 아무래도 손색이 있을 수밖에 없었다.

'나에겐 소하정이 최선이다. 이 이상은 무리야.'

나이가 좀 있기는 하지만 소하정도 나쁘지 않았다.

더욱이 소하정은 석진호가 엄마처럼 끔찍하게 생각하는 사람이었다.

그렇기에 그로서는 반드시 소하정의 마음을 얻어야 했다.

"저잣거리에 새로운 다루(茶樓)가 생겼던데 차 한 잔 어떤가? 날씨도 좋은데."

"죄송하지만 제가 바빠서요."

"아직 정오도 안 됐는데 바쁘기는. 그러지 말고 한잔하지. 내가 살 테니."

중년인이 넉살 좋게 말을 이었다.

그러나 소하정은 단호했다.

"괜찮아요."

"허어, 그럼 이따 저녁을 함께 먹는 건 어떤가? 장가객잔에서 오늘 새로운 음식을 선보인다고 하던데. 듣자 하니 거기 숙수가 아주 자신 있어 하더라고."

중년인이 능글맞게 웃으며 말했다.

소하정이 새로운 음식과 식재료에 관심이 많다는 걸 알기에 그걸로 꼬드기는 것이었다.

그러나 이번에도 대답은 같았다.

"나중에 갈 거예요. 그럼."

숙수와 아이들에게 지시 사항을 전달한 소하정이 뒤도 돌아보지 않고 하정객잔을 나섰다.

하지만 그런 그녀의 쌀쌀맞은 대답에도 중년인은 여유로운 얼굴이었다.

"후후! 쉬우면 재미없지."

멀어지는 소하정의 뒷모습을 쳐다보며 중년인이 찻잔을 들었다. 그러자 주변 정리를 하던 점소이들이 미친 사람 쳐다보듯 그를 바라봤다.

매번 퇴짜를 맞으면서도 저러는 게 이해가 가지 않았던 것이다. 한편 하정객잔을 나선 소하정은 이와 비슷한 일을 몇 번이나 더 겪어야 했다.

"오늘 점심이나 같이……."

"내가 새로운 식재료를 구했는데 말이지."

"이거 오늘 내가 직접 딴 과일이야! 하나 먹고 가!"

포목점 주인, 어육점 주인, 시전 상인 등등 소하정 또래의 남자들은 어떻게든 그녀에게 말 한번 건네 보려고 기를 썼다.

하지만 마지막 종착지는 결국 약속이었다.

지금처럼 스쳐 지나가는 게 아니라 단둘이 따로 보자고 했

무인환생

던 것이다.

그런 남자들의 관심에 소하정도 처음에는 기분 좋아했지만 지금은 아니었다.

'나를 좋아하는 게 아냐. 내가 가진 것들을 원하는 거지.'

잘생긴 남자도, 성실하고 능력 있는 남자들도 있었다.

석가장에서 지내던 때였다면 가슴을 두근거리며 한 번쯤 만나 봤을지도 모른다.

하지만 지금은 아니었다.

순수하게 자신을 좋아해서 저런 말을 하는 게 아니라는 걸 알았기에 소하정은 단호하게 선을 그었다.

'도련님께 폐를 끼쳐선 안 돼.'

하나같이 욕심이 덕지덕지 붙은 남정네들의 관심을 칼같이 튕겨 내며 소하정이 시전을 가로질렀다.

그리고 그 모습을 당하린이 따뜻한 눈빛으로 지켜봤다.

소하정이 어째서 저렇게 대응하는지 그녀는 그 이유를 알아서였다.

"피부 고운 것 좀 봐. 도대체 뭘 먹기에 피부가 이렇게 좋아지는 거야? 이십 대라 해도 믿겠는데?"

"에이, 그건 좀 심했다. 피부가 좋아지긴 했지만 어떻게 이십 대에 비벼요. 삼십 대 초반 정도라면 모를까."

"어머, 삼십 대 초반 정도는 된다고 생각하는 거지? 그런 거지?"

잡화점 주인이 눈을 흘겼다.

아닌 척하면서 저리 말하니 기가 막혔던 것이다.

"그 정도로는 보이지 않을까 싶어서, 호호!"

"대체 비법이 뭐야? 나도 좀 가르쳐 줘. 친구 좋다는 게 뭐야? 친구 사이에 그 정도는 말해 줄 수 있잖아?"

"으음, 딱히 특별하게 먹는 건 없는데. 먹는 것도 대부분 텃밭에서 키운 것들이고."

"혹시 그거 먹은 거 아냐?"

"그거라니?"

소하정이 눈을 동그랗게 떴다.

잡화점주가 무얼 말하는 건지 짐작 가는 게 없어서였다.

"그거 말이야, 그거. 승천무관주님이 조개를 그렇게 잘 잡으신다면서. 그것도 몇십 년 묵은 걸. 자기도 그거 먹은 거 아냐?"

"먹기는 했지. 근데 조개 때문은 아닌 거 같은데?"

"효험이 늦게 올 수도 있지. 그리고 자주 먹을 거 아냐. 초대하도 우리야 가끔 먹을까 말까이지만 자기는 다를 테고."

잡화점주가 진심으로 부럽다는 표정을 지었다.

동갑인 자신은 자식들과 남편을 먹여 살리기 바쁜데 소하정은 호강하며 사는 것 같아서였다.

특히 돈 걱정하지 않고 하고 싶은 일을 하며 사는 게 그녀는 가장 부러웠다.

무인환생

"우리도 그렇게 자주는 못 먹어. 요즘은 윤이가 초대하를 주로 잡기도 하고."

"남으면 나도 좀 줘. 친구 좋다는 게 뭐야?"

"알았어, 알았어. 챙겨 줄게."

툴툴거리는 친구의 모습에 소하정이 못 이기는 척 약속했다.

그러자 잡화점주의 얼굴이 대번에 밝아졌다.

초대하가 황화현에 모습을 드러낸 지 일 년이 넘었지만 여전히 그 인기와 관심은 뜨거웠다.

돈이 있다고 해서 사 먹을 수 있는 게 아니었기에 잡화점주는 반색하며 소하정의 손을 잡았다.

"어머, 손 고운 것 봐. 진짜 비결이 있는 거 같은데. 혹시 무공이라도 수련하는 거야?"

"도련님이 나는 너무 늦었다던데. 익힐 자신도 없고. 윤이랑 마륭이 수련하는 거 보면 난 겁나."

"나도 그렇긴 해. 얼마나 괴로울까. 또 병기는 얼마나 살벌해?"

"내 말이."

"참, 마음에 드는 사람은 있어?"

잡화점주가 은근한 목소리로 말했다.

팔꿈치로 소하정의 옆구리를 툭툭 찌르면서 말이다.

"뜬금없이 무슨 말이야?"

"저잣거리에서 우리 하정이 인기가 제일이잖아. 치근덕거리는 남정네들을 모으면 하정객잔의 객실을 가득 채울걸."

"아."

"그중에 한두 명은 있을 거 아냐. 누구야? 누가 눈에 들어와?"

남의 연애사만큼 재미난 것도 없기에 잡화점주가 두 눈을 초롱초롱하게 빛내며 물었다.

나름 황화현에서 난다 긴다 하는 이들이 소하정의 마음을 사로잡으려고 한다는 걸 알았기에 궁금했던 것이다.

과연 누가 소하정의 은총을 받을 것인지 말이다.

"없어."

"단 한 명도?"

"응. 나도 아직은 생각이 없고."

"어머머, 너 설마 오랫동안 즐기려고?"

놀라던 잡화점주가 순간 두 눈을 빛냈다.

그러면서 얼굴 가득 부러운 표정을 지었다.

지금처럼 뭇 남자들에게 관심과 대접을 받으며 사는 것도 좋을 것 같다는 생각이 들어서였다.

"그런 게 아니라 순수하게 날 좋아해 주는 사람이 없더라. 다들 눈에 욕심이, 아닌 척하는데 다 보이지. 내가 한두 살 먹은 어린애도 아니고."

"맞아. 우리 나이도 있는데 그게 안 보이면 문제가 있는

武人還生
무인환생

거지. 근데 나는 솔직히 네가 부러워. 내 삶에 그런 적은 없었거든."

"난 네가 부러운데. 아들딸 다 있잖아."

"……대신 웬수가 있잖아. 덕분에 돈도 없고."

잘 가다가 하소연으로 빠지는 친구의 모습에 소하정이 피식 웃으며 달래기 시작했다.

이쯤 나이를 먹으니 욕심을 낸다고 해서 다 가질 수 없다는 걸 알게 됐다.

물론 노력을 하면 어느 정도는 가질 수 있겠지만 원하는 만큼은 힘들었다.

'그렇게 따지면 난 진짜 과분한 삶을 살고 있는 거지.'

소하정은 하루하루가 너무나 감사했다.

사실 석가장을 나올 때 그녀는 내심 걱정이 많았다.

석진호를 믿고 있었지만 현실이 얼마나 냉혹하며 비정한지 잘 알았기에 걱정이 안 될 수가 없었다.

다행히 일이 잘 풀려 걱정하던 사태까지는 가지 않았지만, 그렇기에 소하정은 더욱더 고맙고 감사했다.

'그러니 더더욱 도련님께 피해가 안 가도록 해야 해.'

자신이 저잣거리에서 이렇게 대우를 받는 건 다 석진호 덕분이었다.

그걸 알기에 소하정은 늘 겸손하게 행동하려고 노력했다.

혹여나 자신으로 인해 석진호의 평판에 흠이 생길까 싶어서였다.

그래서 그녀는 조심하고 또 조심했다.

쾅앙!

무엇이 그리 불만인지 장년인이 거칠게 문을 닫았다.

그러고는 씩씩거리며 멀어져 가는 소하정을 뚫어져라 노려봤다.

"건방진 년! 승천무관주가 아니었으면 밑바닥을 전전했을 년이 감히 나를 무시해?"

장년인이 콧김을 내뿜었다.

생각하면 생각할수록 열불이 치솟았던 것이다.

특히 자신이 알랑방귀를 뀌어 대던 모습이 떠오르자 그는 얼굴에 피가 쏠리는 느낌이었다.

"후우! 그래. 자신의 가치를 안다, 이거지? 나 말고도 들이대는 놈팡이들이 많으니 콧대가 치솟을 수밖에 없겠지."

장년인이 이를 악물며 중얼거렸다.

그 역시 나름 가게도 소유하고 있고 재산도 모을 만큼 모았지만, 지금 소하정에게 집적대는 놈들 중 그보다 떨어지는 놈은 몇 없었다.

다들 황화현에서는 나름 한가락씩 했던 것이다.

武人還生
무인환생

그래서 그는 더욱더 조급해졌다.

"딴 놈이 채 가기 전에 내가 잡아야 하는데. 그래야 내 앞길에 탄탄대로가 펼쳐지는데."

미모는커녕 외모도 그리 뛰어나지 않고 그렇다고 젊은 것도 아니었지만 대신 소하정에게는 객잔이 있었다.

그것도 황화현에서 가장 잘나가는 객잔이 말이다.

더구나 소하정의 뒤에는 후기지수 중 단연 최고로 손꼽히는 무인인 석진호가 있었다.

괜히 남자들이 소하정에게 눈독을 들이는 게 아니었다.

"일단 자빠뜨리기만 하면 될 것 같은데. 진짜 음약이라도 써야 하나?"

"이런 놈들이 있을 줄 알았다니까."

"히에엑!"

갑자기 들려오는 낯선 목소리에 장년인이 본능적으로 몸을 돌렸다.

그러고는 경악한 표정으로 비명을 지르며 주저앉았다.

이곳에 절대 있어서는 안 될 이가 눈에 들어오자 대경실색한 것이었다.

"악인이 따로 있는 게 아니라니까."

"죄, 죄송합니다!"

석진호의 등장에 안색이 창백해졌던 장년인이 황급히 무릎을 꿇었다.

그러고는 바짓가랑이라도 잡을 기세로 다가왔다.

지금이야 조용히 지내고 있었지만 석진호는 황화현에 처음 온 날부터 피바람을 일으킨 인물이었다.

홍갈파를 쓸어버리고 얼마 뒤 흑귀파, 천금방도 명분을 쥐기 무섭게 모조리 박살 내 버린 게 석진호였기에 장년인은 마른침을 삼키며 오체투지 했다.

"사람이 참 간사해. 먹고살 만해지니까 욕심이 생기고. 막상 따지고 보면 홍갈파나 흑귀파에 시달린 게 그리 오래되지 않았는데 말이지. 근데 너무 갔어. 아무리 욕심이 나더라도 음약은 아니지. 아니, 나한테 고맙다는 말을 했으면 이렇게 뒤통수를 치려 하면 안 되지. 안 그래?"

"히끅!"

살벌한 석진호의 눈빛에 장년인이 바들바들 떨었다.

틀린 말이 하나 없었기에 변명의 여지가 없었던 것이다.

하지만 그렇다고 이 자리에서 죽을 수는 없었기에 장년인은 악착같이 머리를 굴렸다.

"잔머리 굴리는 소리가 여기까지 들리네. 그따위 망발을 지껄이고도 살고는 싶은가 봐?"

"사, 살려 주십시오! 다시는, 아니 앞으로는 절대 객잔주 앞에 나타나지 않겠습니다! 말도, 입도 뻥긋하지 않겠습니다!"

쿠웅!

엎드려 있던 장년인이 바닥에 머리를 찍었다.

무인환생

음약만 아니었어도 어찌어찌 넘어갔을 텐데 하필이면 그 말을 석진호가 들었기에 장년인은 해쓱해진 얼굴로 소리쳤다. 하지만 그의 외침에도 석진호는 별다른 대답을 하지 않았다.

그런데 장년인은 그게 더 섬뜩하게 다가왔다.

"황화현을 떠나겠습니다! 그러니 한 번만 용서해 주십시오!"

조마조마한 심정으로 장년인이 재차 소리쳤다.

그런 그의 심장은 금방이라도 터질 것처럼 격렬하게 뛰었다.

무거운 침묵이 마치 심장을 옥죄어 오는 느낌이었다.

"그건 좀 마음에 드는군."

"지, 지금 당장 떠나겠습니다! 그리고 다시는 황화현에 돌아오지 않겠습니다!"

"하나 더. 이상한 소문 남기지 말고 조용히 떠나도록."

"명심하겠습니다!"

살았다는 생각이 들어서일까.

장년인의 얼굴에 화색이 돌았다.

마치 저승 문턱까지 갔다가 이승으로 되돌아온 것 같은 얼굴로 장년인은 연신 이마를 찍었다.

"미리 말해 두는데 허튼짓은 안 하는 게 좋아. 그때는 지금과 다를 테니까."

"무, 물론입죠! 절대, 절대 그런 생각은 갖지 않겠습니다!"

뒷목에서 느껴지는 서늘함에 장년인이 기겁하며 대답했다. 그런데 그때 목덜미를 타고 뜨끈한 무언가가 느껴졌다.

축축한 느낌과 함께 뭔가가 흘러내리는 느낌이 들었던 것이다.

뚝. 뚝. 뚝.

이윽고 목을 타고 흐르던 무언가가 바닥에 떨어지자 장년인은 알 수 있었다.

뒷목에서 흘러내린 것이 무엇인지 말이다.

동시에 그는 몸을 떨었다.

'내, 내가 잘못 느낀 게 아니었어!'

천천히 방울져 떨어지는 핏방울을 보며 장년인이 마른침을 꿀꺽 삼켰다.

그러고는 바짝 언 얼굴로 몸을 더욱더 웅크렸다.

최대한 불쌍하게 보이도록 말이다.

"저녁에 다시 왔을 때는 이곳이 텅 비어 있었으면 좋겠군."

"그리하겠습니다!"

온몸을 짓누르는 무거운 중압감이 감쪽같이 사라졌지만 장년인은 고개를 들지 않았다.

혹시라도 석진호와 눈이 마주칠까 싶어서였다.

그래서 그는 일각이 지날 때까지 오체투지를 고수했다.

스윽.

무인환생

조심스럽게 고개를 든 장년인은 석진호가 사라진 것을 확인하자마자 자리에서 벌떡 일어나서는 짐을 싸기 시작했다.

말했던 대로 떠날 준비를 했던 것이다.

그러나 그는 몰랐다.

멀리서 그 모습을 석진호가 지켜보고 있었다는 사실을 말이다.

"좋은 사람을 만나는 게 참 쉽지 않다니까."

잔뜩 겁에 질린 얼굴로 짐을 싸는 장년인을 주시하며 석진호가 중얼거렸다.

하지만 석진호는 자신이 심하다고 생각하지 않았다.

애초에 나쁜 마음을 먹지 않았다면 저런 꼴을 당하지 않았을 것이기 때문이다.

속으로만 생각했어도 여기까지 오지는 않았을 터였다.

"어떻게 한 명이 없지."

석진호가 입맛을 다셨다.

하루 동안 은밀히 소하정을 따라다니며 그녀에게 관심을 보인 남자들을 석진호는 유심히 관찰했다.

소하정이 누구를 만나는 것에 대해 왈가왈부할 생각은 없지만 그렇다고 쓰레기 같은 남자를 만나는 걸 지켜만 보고 있을 생각도 없었다.

이왕이면 좋은 사람을 만나서 정말로 행복하게 살기를 바랐으니까. 그런데 어떻게 된 게 단 한 명도 괜찮다 싶은 남자가 없었다.

정마룡의 말대로 하나같이 사기꾼들만 꼬인 모습에 석진호는 답답했다.

"그나마 다행인 건 저런 놈이 하나뿐이라는 것 정도인가. 뭐, 나머지도 오십보백보이기는 하지만."

석진호는 새삼 정마룡에게 고마움을 느꼈다.

남자들이 소하정에게 관심을 갖는 건 나쁘지 않은 일이었지만 정마룡은 말했었다.

도를 넘는 이들이 몇몇 있는 것 같다고 말이다.

그 결과 만약의 사태를 미연에 방지할 수 있었기에 석진호는 한결 가벼워진 마음으로 연기처럼 사라졌다.

❋

마주 앉은 장남을 쳐다보며 팽진극이 입맛을 다셨다.

그런 그의 얼굴에는 불편한 기색이 서려 있었다.

"제가 몇 번이고 말씀드리지 않았습니까. 놓치긴 아까운 인물이라고요."

"하지만 그때는……."

"그때도 제가 잠룡이라고 말씀드리지 않았습니까. 드러나지 않아서 그렇지 실력은 진짜라고요. 최소가 육룡이라고 말입니다. 그런데 지금 보십시오. 그 대단하다는 육룡도 석 공자 앞에서는 빛을 잃고 있습니다. 세간에는 이런 말도 나오더군요. 육룡을 칠룡으로 바꿔야 한다, 아니다. 육룡과 한 울타리에 넣기에는 수준이 다르니 따로 구분해야 한다. 그러면서 거론되는 별호가 천룡검(天龍劍), 비천검괴(秘天劍怪)입니다."

"끄응!"

팽무건이 자신을 몰아붙였지만 팽진극은 마땅히 할 만한 변명이 없었다. 결과적으로 그때 팽무건의 말이 옳았기에 입이 있어도 할 말이 없었던 것이다.

"심지어 나연이에게 강제로 폐관수련을 명하셨죠. 싫다고 그렇게 반대하던 나연이를요. 그런 나연이가 폐관수련을 끝내고 나오면 어떻게 나올 것 같습니까?"

"……다시 한번 말하지만 그때는 어쩔 수 없었다. 이상한 소문이 나면 여자에게 손해이니까."

"그래서 기왕 그렇게 된 거 잡아야 한다고 하지 않았습니까. 지금 사천당가를 보십시오. 처음에는 미쳤다고, 과하다고 했지만 지금은 어떻습니까? 당당히 승천무관에 남아 있지 않습니까. 만약 가주님께서 나연이를 믿어 주셨다면, 제 의견에 조금이라도 귀를 기울여 주셨다면 지금 당하린의 자리는 나연이의 것이었을 겁니다. 더욱이 가주님께서 단점이라고 말하셨던 게 현재 어떻게 바뀌었는지 보시지요."

"……후우. 그만해라. 네 말은 충분히 이해하고 있으니까."

팽진극이 얼굴을 쓸어 내렸다.

아무리 인생이 선택의 연속이라지만, 선택 하나로 많은 게 달라진다지만 일 년 남짓한 시간 만에 이렇게 달라질 줄은 몰랐다.

사실 탐탁지 않게 여기는 마음도 있었다.

잠재력이 상당하다고 하나, 결국 잠재력은 잠재력일 뿐이었다.

만개하지 못하면 결국 거기서 끝이었다.

더욱이 근본이 무가가 아닌 상가 석가장 출신이었기에 은연중에 무시한 것도 있었다.

'그 짧은 사이에 이 정도나 성장하다니.'

냉정하게 따지면 팽진극의 잘못은 아니었다.

석진호의 성장세가 말이 안 되는 것이지.

하지만 중요한 건 현재를 냉철하게 바라보고 미래를 대비해야 한다는 점이었다.

그러니 과거의 과오는 잠시 묻어 두고 앞으로 어떻게 할 것인지를 논의해야 했다.

"알아본 바에 의하면 다행히 아직 결정된 건 아무것도 없다고 합니다. 승천무관에 머무는 건 허락했지만 그 이상의 관계는 아니랍니다."

"네 말은 나연이를 보내자는 것이냐?"

"예. 나연이의 상대로 괜찮다고 생각합니다."

"그자보다 더 좋은 혼처는 많다."

武人還生
무인환생

팽진극이 냉정한 얼굴로 말했다.

이미 강호에 무명을 날린 만큼 석진호의 실력에 대해서 이제는 의구심을 갖지 않았다.

하지만 그렇다고 해서 그는 반드시 석진호를 팽나연과 맺어 줘야 한다는 생각은 없었다.

"맞습니다. 조건만 따졌을 때 솔직히 승천무관은 썩 좋다고 말할 수 없지요. 하지만 중요한 건 왜 사천당가가 저렇게 적극적으로 나서냐 하는 것입니다. 왜 그럴까요? 제가 생각하기에는 두 가지 장점이 있습니다."

"두 가지씩이나?"

"예. 하나는 데릴사위로 들이는 데 문제가 없다는 점이고, 다른 하나는 잠재력입니다. 열아홉의 나이에 강호에서 천룡검이라는 별호를 얻었습니다. 그 대단하다는 명문 세가와 대문파의 후기지수들을 오로지 실력으로 찍어 눌렀습니다. 그럼 십 년 후에는, 이십 년 후에는 어디까지 올라갈까요?"

"……."

팽진극이 눈살을 찌푸렸다.

자신을 가르치려 드는 것도 마음에 안 들었지만 저 예상이 마냥 헛소리로 들리지 않았기에 팽진극은 대답하지 않았다.

"게다가 가장 중요한 점은 나연이가 원한다는 점입니다. 나연이 가슴에 대못을 박으실 생각입니까?"

"정략결혼은 어쩔 수 없다. 나 역시 그러했고, 너 역시 마찬가지다. 둘째인 팽무곤도 마찬가지고."

"그래서 말씀드리는 겁니다. 가주님께서는 전대 가주님이 정해 준 혼처와 결혼하셨죠. 그러나 결과는 어떻습니까?"

"……."

팽진극이 다시 입을 다물었다.

애정 없이 이어진 혼인 생활의 끝에 대해서는 그 누구보다 그가 가장 잘 알아서였다.

"나연이가 그리될 수 있을지도 모릅니다."

"그만. 거기까지 해라."

팽진극의 얼굴이 딱딱하게 굳어졌다.

상상하는 것만으로도 단장의 고통이 느껴져서였다.

절대 그럴 일이 벌어지지 않게 만들 생각이었지만 세상일이라는 게 또 몰랐다.

늘 뜻대로만 흘러가는 건 아니었으니까.

"제가 실언을 했습니다."

"실언은 무슨. 하고 싶은 말 다 했으면서."

"첨언하자면 단점만 찾으려 하지 말아 주셨으면 합니다. 장점도 충분히 있습니다. 그 점을 생각해 주십시오."

"장점이라."

"남궁세가와 사천당가만 천하제일가란 칭호를 나눠 먹는 건 너무 불공평하지 않습니까."

팽진극의 동공이 일순 흔들렸다.

무인환생

그라고 야망이 없는 게 아니었다.

다만 체념하고 수긍하고 살게 되었을 뿐.

하지만 팽무건은 아니었다.

"가, 가주님!"

그때 집무실 밖에서 총관의 다급한 목소리가 들려왔다.

무슨 일이라도 생긴 듯한 그의 음성에 팽진극은 물론이고 팽무건도 문 쪽으로 고개를 돌렸다.

"왜 그러느냐?"

"아, 아가씨께서! 아가씨께서 사라지셨습니다!"

"뭐, 뭐라고?"

팽진극의 두 눈이 화등잔만 하게 커졌다.

금방이라도 튀어나올 것처럼 두 눈을 부릅뜬 그는 자리에서 벌떡 일어나더니 이내 번개같이 집무실을 나섰다.

팽나연이 폐관수련하는 석실로 몸을 날렸던 것이다.

그리고 그 뒤로 팽무건이 뒤따랐다.

한데 그의 표정이 상당히 묘했다.

휘이이잉.

바다 특유의 짠 내음이 섞여 있는 바람을 맞으며 큰 키의 여인이 승천무관을 향해 조심스럽게 다가갔다.

예전이었다면 망설이지 않고 대뜸 문부터 두드렸겠지만 지금은 아니었다.

일 년이라는 시간 동안 성숙해진 건 무공뿐만이 아니었기에 여인은 입술을 깨물었다.

자신이 얼마나 철딱서니없었는지를 폐관수련을 하면서 깨달았기에 승천무관의 정문 앞에 서서 여인은 망설였다.

"어? 혹시 팽나연 아가씨 아니세요?"

"음?"

연락도 없이 다짜고짜 찾아왔기에 어떻게 해야 하나 망설이던 찰나에 익숙한 목소리가 돌렸다.

인기척이 있었지만 어부들도 많았기에 지나가는 행인이겠거니 했는데 정확히 자신의 이름을 부르는 목소리에 팽나연이 고개를 돌렸다.

"맞으시군요! 아이고, 오랜만이에요!"

"마릉이?"

"옙! 접니다, 아가씨!"

팽나연의 동공이 서서히 확대되었다.

얼굴은 그대로인데 몸이 상당히 많이 달라져 있었다.

은연중에 풍기는 기도가 석가장에서 봤을 때와는 천양지차의 모습에 팽나연이 놀란 표정을 지었다.

"오셨으면 바로 들어가시지, 왜 문 앞에 서 계세요?"

"그게, 연통도 없이 무작정 찾아온 거라. 혹여나 실례가

무인환생

되지는 않을까 싶어서…….”

팽나연의 목소리가 점점 작아졌다.

예전이야 철이 없어서 그랬다지만 지금은 아니었다.

그때 석진호가 얼마나 곤혹스러웠을지 이제는 알았기에 팽나연은 여기까지 왔음에도 선뜻 문을 열 수가 없었다.

“괜찮아요, 괜찮아. 저희 관주님 성격 아시잖아요. 얼굴을 모르는 사이도 아니고, 이렇게 직접 찾아오셨는데 설마 문전 박대하시겠어요. 물론 그런 경우가 없었던 건 아니지만. 근데 혼자 오신 거세요?”

제41장 관도 모집

많이 변했음에도 말이 많은 건 여전했다.

쉴 새 없이 입을 놀리며 주변을 두리번거리는 정마룡의 모습에 팽나연은 자기도 모르게 입가에 미소를 지었다.

이렇게 정마룡을 마주하니 석가장에 머물던 시절이 떠올랐던 것이다.

그때도 정마룡은 이렇게 스스럼없이 그녀를 대해 주었다.

"혼자 왔어. 석 공자님이 너무 보고 싶었거든."

"저희 관주님 매력이 어마무시하기는 하죠. 괜히……."

히죽 웃으며 말하던 정마룡이 순간 입을 다물었다.

순간적으로 당씨 자매에 대해서 말할 뻔했기에 정마룡은 황급히 손으로 입을 막으며 어색하게 웃었다.

"엄청나시지."

"일단 들어오세요. 관주님은 안에 계시니까요."

"갑자기 찾아왔는데 정말 괜찮을까?"

"물론이죠. 제가 알기로 문전 박대당한 사람은 한 명밖에 없어요."

석진룡을 떠올리며 정마룡이 휴식기를 알리듯 굳게 닫혀 있는 정문을 열었다.

그런데 진즉에 정마룡의 냄새를 맡은 것인지 삼랑이들이 문 앞에 옹기종기 모여 있었다.

헥헥헥!

송아지만 한 덩치를 가진 삼랑이들이 마치 강아지인 것처럼 꼬리를 정신없이 흔들었다. 덩치는 산만 한 것들이 하는 짓은 강아지와 다를 바가 없었던 것이다.

"어머?"

"제가 키우는 아이들입니다. 저랑 같이 있으면 물지는 않아요. 훈련도 잘되어 있고요."

"늑대 같은데?"

"예. 버려진 건지 부모가 죽은 건지 새끼 때 산에 덩그러니 남아 있어서 데려왔어요. 훈련은 주로 흑휘가 시켰죠."

흑휘라는 말에 팽나연이 두 눈을 초롱초롱하게 빛냈다.

석진호만큼이나 그리워했던 게 흑휘였기에 팽나연은 가슴이 두근거렸다.

무인환생

"흑휘가 기강을 잡았다면 확실하겠네."

"예. 먼저 사람에게 덤벼들지는 않아요. 눈치도 빠르고, 애교도 많고. 그리고 적이라고 생각하면 자기보다 강하더라도 달려들어요."

"용맹하네."

"애들이 잘 자랐죠."

배를 까뒤집으며 애교를 부리는 막내 갈랑이와 잠시 어울려 준 정마륭은 이내 건물로 팽나연을 안내했다.

이윽고 접객실의 문이 열렸다.

하지만 안에는 아무도 없었다.

"들어가시죠."

"안내해 줘서 고마워."

"별말씀을. 저는 관주님을 모셔 올게요."

"응."

공손히 허리를 숙여 몸을 돌리는 정마륭을 일별한 팽나연이 실내를 찬찬히 둘러봤다.

접객실이라고 하면 응당 손님을 맞이하는 공간인데 역시나 석진호의 성격대로 소탈했다.

정말 필요한 것들만 방 안에 채워져 있었던 것이다.

그런데 그 모습에 팽나연은 웃음이 나왔다.

"여전하시네."

석가장에서 받았던 괄시를 생각하면, 신분의 한계를 생각하면 보통은 무리를 해서라도 화려하게 꾸미는 게 대부분일 터였다.

내가 이만큼 성공했다, 여기까지 올라왔다는 걸 보여 주려고 말이다.

하지만 석진호는 그러지 않았다.

"달관하신 듯한 분위기가 방에서도 느껴질 줄이야."

달칵.

앉아서 기다리기보다는 방을 둘러보며 회상에 잠겨 있을 때 문이 열렸다.

동시에 팽나연의 가슴도 두근거렸다.

석가장 이후 처음으로 만나는 것이었기에, 너무나 기다렸던 순간이기에 심장이 쿵쾅거리듯 뛰었다.

"오랜만입니다, 팽 소저."

"……석 공자님."

"앉으시죠."

습기를 가득 머금은 듯한 목소리에 석진호가 옅게 웃으며 자리를 권했다.

그 손짓에 팽나연이 살짝 붉어진 얼굴로 얌전히 자리에 앉았다.

한데 의외로 그녀는 석진호를 좀처럼 쳐다보지 못했다.

달라진 분위기도 분위기지만 일 년 사이에 너무나 많이 달라진 것 같아서였다.

武人還生
무인환생

'왜 얼굴에서 빛이 나지?'

봄 햇살이 따사로운 건 당연했다.

그런데 해를 등지고 있는 것도 아닌데 이상하게도 빛이 나는 것 같은 얼굴에 팽나연은 몰래 힐끔거렸다.

또르륵.

팽나연의 심정을 아는지 모르는지, 석진호는 조금도 당황한 기색 없이 다호를 들어 그녀의 찻잔에 따라 주었다.

진기를 이용해 차를 데운 모양인지 다호의 주둥이에서 김이 몽글몽글 올라와 그대로 팽나연의 찻잔과 이어졌다.

"감사합니다."

"팽 소저에 대한 소식은 간간이 듣고 있었습니다. 폐관수련에 들어가셨다고."

"제 의지가 아니었어요. 아버지께서 강제로 폐관수련을 시키셨죠."

팽나연이 입술을 깨물었다.

그날을 떠올리는 것만으로도 분노가 치솟았다.

부친의 마음을 이해 못 하는 건 아니었지만 그래도 폐관수련을 시키는 것은 심했다.

물론 복귀하라는 지시를 무시한 건 잘못된 행동이었지만 말이다.

"타의로 시작하기는 했어도 결과는 좋은 것 같습니다만."

"석 공자님과의 수련이 정말 큰 도움이 되었어요. 이미 기반이 다 마련된 상태에서 폐관수련에 들어갔으니까요."

팽나연은 공을 석진호에게 돌렸다.

자신의 재능이 특출난 건 사실이었지만 그렇다고 오빠들보다 뛰어난 건 결코 아니었다.

그런데 석진호와 대련하고 정마룡, 탁윤과 함께 수련하면서 배우고 깨달은 게 많았다.

덕분에 그 어렵다는 통곡의 벽도 넘었고.

"아닙니다. 팽 소저께서 노력하신 결과입니다. 근데 마룡이에게 듣기로 혼자 오셨다고요."

"폐관수련을 끝내자마자 왔습니다. 하지만 걱정하지 않으셔도 돼요. 말없이 나온 건 아니거든요. 쪽지를 남기고 왔으니 걱정하시는 일은 없을 거예요. 그리고 지난번처럼 폐를 끼치고 싶지도 않고요. 늦었지만 석가장에서 무례하게 굴어서 죄송해요."

원래부터 하고 싶었던 말이었는지 팽나연은 자연스럽게 과거를 거론하며 고개를 숙였다.

진심으로 부끄러운 모양인지 얼굴까지 붉히는 모습에 석진호는 괜찮다는 듯이 웃으며 손을 저었다.

"괜찮습니다. 실수는 누구나 하니까요. 당혹스럽기는 했지만 크게 문제 될 일도 아니었고."

"그래도 꼭 사과드리고 싶었어요. 실수는 실수이니까요. 나이가 어리다고 넘어가는 건 아니라고 생각해요."

무인환생

"그럼 팽 소저의 사과를 받아들이겠습니다."

"감사합니다."

시간이 그리 흐르지 않았는데 소녀에서 어른이 된 것 같은 팽나연의 모습에 석진호는 속으로 참 신기하다는 생각이 들었다.

시간은 누구에게나 공평하지만 그 시간을 어떻게 쓰냐에 따라 결과는 천차만별로 나뉘었다.

바로 지금처럼 말이다.

'그렇게 따지면 윤이랑 마룡이도 정말 많이 변했지.'

일 년이란 시간을 정말 알차게 보낸 건 탁윤과 정마룡도 같았다.

채소강 역시 그의 가르침을 받아 무서운 속도로 성장 중이었고 말이다.

그래도 세 몫을 하려면 오 년 정도는 가르쳐야 하지 않을까 싶었는데 지금과 같은 성장 속도라면 일 년은 족히 단축될 것 같았다.

'바다가 참 보물이라니까.'

세 사람의 성장에 지대한 영향을 끼친 건 역시 바다였다.

의지만으로는 한계가 있는데 바다가 품고 있는 영물 덕분에 셋은 예상보다 가파르게 성장하고 있었다.

석진호 역시 얻은 게 적지 않았고.

"인사는 이쯤 하고, 승천무관을 소개해 드리겠습니다. 작

긴 하지만 그래도 나름 볼거리가 많거든요. 머무실 숙소도
안내해 드려야 하니."

"머물러도 될까요?"

팽나연이 조심스럽게 물었다.

아무래도 전례가 있다 보니 그녀로서는 언감생심 말을 꺼
낼 수가 없었다.

그런데 가려운 곳을 긁어 주듯 석진호가 먼저 운을 띄워
주자 팽나연의 얼굴이 살짝 밝아졌다.

"근처에 객잔이 제법 있기는 한데, 굳이 방을 따로 잡을
필요는 없지요. 여기에 방이 부족한 것도 아닌데. 다만 공사
중이라 조금 시끄러울 수는 있지만 밤에는 하지 않으니 주무
시는 데 불편함은 없을 겁니다."

"감사합니다, 석 공자님."

"그럼 나가실까요."

"예."

석진호가 앞장서서 접객실을 나섰다.

그러고는 가장 먼저 팽나연이 머물 빈방을 알려 주고는 뒤
이어 목장과 텃밭, 차밭을 순서대로 보여 주었다.

"어머, 아가씨!"

뒷마당을 한 바퀴 돈 후 다시 건물로 돌아오는 와중에 소
하정과 마주쳤다. 그러자 소하정이 얼굴 가득 반가운 기색으
로 팽나연에게 달려왔다.

武人還生
무인환생

"오랜만이에요."

"그러니까요. 잘 지내셨어요?"

"저야, 뭐."

반갑게 맞아 주는 소하정의 모습에 팽나연도 미소를 지었다.

하지만 그녀는 이내 따가운 눈빛을 느끼고 고개를 돌렸다.

"오랜만이야, 언니!"

"그러네. 여기에 있다는 소식은 들었어."

"오랜만이에요."

웃으며 다가오는 당아린과 달리 당하린은 예전과 달리 선을 긋듯 인사했다.

그러나 팽나연은 그걸 알면서도 딱히 거론하지 않았다.

어째서 당하린이 자신을 경계하는지 모르지 않아서였다.

찌릿!

서로 미소 짓고 있었으나 눈빛은 아니었다.

그래서인지 허공에서 불꽃이 튀었다.

"웃어, 웃어. 여기에 관주님이 계신 거 잊었어?"

심상치 않은 분위기에 당아린이 자연스럽게 둘을 말렸다.

서로 할 말이 많은 건 알겠지만 여기에서 이럴 필요는 없다고 생각해서였다.

끼잉?

살벌한 두 여인의 기세를 느낀 모양인지 당아린의 품에 안겨 잠자고 있던 미호가 고개를 쏙 내밀었다.

생소한 냄새에 머리를 내밀고 코를 킁킁거렸던 것이다.

"이따가 차 한잔하자."

"그래요."

한때 친하게 지냈던 적이 거짓말이라는 듯이 묘하게 날을 세우는 두 사람의 모습에 당아린이 작게 한숨을 내쉬었다.

이렇게 될 걸 예상하지 못한 건 아니었지만 그래도 막상 닥치니 막막해졌던 것이다.

한 명은 친언니, 다른 한 명은 친한 언니였기에 당아린은 복잡한 표정으로 두 사람을 번갈아 쳐다봤다.

석진호는 오랜만에 세 사람에게 무리를 가르쳤다.

슬슬 둘은 준비를 해야 할 것 같아서였다.

채소강은 아직 갈 길이 멀었지만 미리 들어서 나쁠 것은 없기에 세 사람을 함께 불렀다.

"오늘은 강기에 대해서 이야기를 해 주마."

"드디어 저희 차례인 건가요!"

"정확하게는 윤이지. 너는 좀 더 가야 해."

"사실 저는 지금도 꿈만 같습니다. 제가 검기상인의 경지

武人還生
무인환생

에 오르다니요."

정마룡이 몽롱한 표정을 지었다.

너는 재능이 없다고 면전에다 대놓고 말한 이들만 수십 명이었다.

에둘러 말한 이들까지 합치면 백 명이 훌쩍 넘었고.

그런데 그중에 지금 그보다 강한 이들은 한 손에 꼽았다.

'전부 다 추월한 거지, 흐흐흐!'

이건 자만이 아니었다.

수련생들과 부딪치면서, 그리고 당아린과 대련을 하면서 지극히 냉정하게 내린 결론이었다.

지금의 자신이라면 그들 중 네댓 명을 제외하면 전부 쓰러뜨릴 자신이 있었다.

물론 자신이 강해진 것처럼 그들 역시 강해지기는 했겠지만 그렇다고 그 격차가 그때처럼 현격하지는 않을 거라 생각했다.

"그래서 지금에 만족해?"

"아뇨! 갈 수 있는 곳까지 가 봐야지요! 자고로 남자는 야망이 있어야 하지 않겠습니까!"

"한 번뿐인 인생인데 야망을 활활 불태우는 것도 나쁘진 않지. 그게 나쁜 짓이 아니라면야."

"맞습니다!"

"근데 괜히 통곡의 벽이 통곡의 벽이라 불리는 게 아닌 건 알지?"

석진호가 씨익 웃었다.

의욕적인 건 좋았지만 통곡의 벽은 괜히 통곡의 벽이란 이름이 붙은 게 아니었다.

더욱이 세 사람은 단기 속성 과정을 신청한 이들을 직접 겪어 봤으니 느끼는 게 더 많을 터였다.

"물론입니다."

석진호의 말에 단기 속성 과정을 거쳐 갔던 이들이 떠오른 모양인지 언제 들떴냐는 듯이 정마룡의 얼굴이 굳어졌다.

그리고 그건 탁윤도 마찬가지였다.

특히 그는 다른 이들과 달리 외공을 주로 익힌 만큼 머리가 복잡했다.

지금까지 꽤 많은 무인들을 만났음에도 외공으로 절정에 올랐다는 이는 듣지 못해서였다.

"우선은 윤이부터. 지금 가장 급한 건 윤이니까. 머리도 복잡할 테고."

"알고 계셨어요?"

"적어도 무공에 관해서는 너희보다 내가 훨씬 많이 알지. 외공으로 절정에 오를 수 있는지 의문스럽지?"

"예."

마치 마음속을 들여다본 것 같은 말에 탁윤의 두 눈이 크게 뜨였다. 누구에게도 속내를 말하지 않았는데 알고 있자

武人還生
무인환생

놀란 것이었다.

"외공으로도 충분히 무공의 극의에 오를 수 있어. 단지 외공으로 오른 사람이 없어서 그렇지. 그에 비하면 절정 정도야."

스윽.

석진호는 왼손을 들어 올렸다.

그러자 세 쌍의 눈동자가 그의 왼손으로 향했다.

"외공은 기본적으로 육신을 단련하는 무공이지. 피부, 근육, 뼈 같은 것들을 말이야. 하지만 단순히 육체 단련만 하는 것에는 한계가 있어. 선을 넘으면 급격하게 망가지는 게 육신이니까. 그래서 상고무림 시절의 무인들은 고뇌했지. 어떻게 하면 이 한계를 벗어날 수 있을까 하고 말이야. 그래서 나온 게 내공이다. 영물이 자연의 기운을 모아 내단을 만들고, 그 내단으로 미물의 탈을 벗어던지고 영물이 되는 걸 보고서 따라 하게 된 게 바로 내공심법의 시작이다. 근데 모두가 내공을 주로 익힌 건 아냐. 외공을 끝까지 놓지 않은 이들도 있었다."

"혹시 그게?"

"맞아. 윤이 네가 지금 익히고 있는 천극철갑공이 그중 하나다. 개량에 개량을 거듭해서 이제는 초창기의 천극철갑공과는 완전히 달라졌지만. 어쨌든 천극철갑공은 보통의 외공과는 달라. 외공과 내공의 조합을 추구하며 만들어진 무공이다. 그래서 내가 내공심법을 꾸준히 연공하라고 했던 거고."

"근데 내공심법으로 공력을 쌓아도 구 할 이상이 피부로 가는데요."

탁윤이 퉁방울만 한 눈을 껌뻑이며 대답했다.

시키는 대로 내공심법을 꾸준히 연공했지만 실질적으로 단전에 남는 양은 얼마 되지 않아서였다.

물론 공력이 늘어난 만큼 피부 역시 단단해지고 질겨졌지만 말이다.

"당연하지. 기본적으로 천극철갑공은 외공이니까. 외공에 집중할 수밖에 없지. 하지만 단전에 공력이 얼마 없다고 해서 쌓아 온 공력이 어디로 간 건 아니잖아?"

"어?"

"검기성강에 오르는 데 있어 중요한 건 내공의 양이 아니다. '밀도'지. 그리고 그 밀도는 진기를 얼마나 잘, 효율적으로 다루느냐에 따라 천차만별로 달라지고."

웅웅웅!

석진호의 왼손에서 공명음이 울려 퍼졌다.

하지만 어디에서도 강기 특유의 빛은 보이지 않았다.

분명 왼손에서 막대한 기파가 흘러나오고 있었음에도 불구하고 말이다.

"어라?"

"음?"

그 모습에 정마룡과 탁윤이 눈을 휘둥그레 떴다.

무인환생

강기를 제법 봤기에 두 사람은 확실하게 말할 수 있었다.

지금 느껴지는 기운은 분명히 강기라고 말이다.

하지만 어디에서도 강기 특유의 빛은 보이지 않았다.

"강기에는 두 가지 종류가 있다. 하나가 대부분의 사람들이 알고 있는 외강기. 즉, 이런 모습이지."

파아앗!

석진호의 왼손에서 황금빛 수강이 솟구쳤다.

바로 혼원천뢰기로 이루어진 강기였다.

"그리고 또 하나는 바로 내강기다. 방금 전 너희가 느낀 강기이지. 하지만 위력은 큰 차이가 없다. 오히려 효율적인 면에서는 내강기가 훨씬 좋아. 진기의 소모가 외강기보다 현저하게 낮거든. 그리고 이게 윤이 네가 얻어야 할 강기다."

"내강기……!"

"나중에는 둘 다 다룰 수 있겠지만 일단은 내강기부터 완성하는 게 먼저지. 일단은 손부터, 그다음은 팔 이런 식으로. 나중에는 피부 전체가 호신강기가 되는 거지."

"우와!"

절정 고수라고 해서 모두가 다 호신강기를 펼칠 수 있는 건 아니었다.

공력이 웬만큼 되지 않으면 엄두도 못 내는 게 호신강기였기에 정마룡이 진심으로 부러워하며 탁윤을 쳐다봤다.

"멋져요, 형!"

"그럴 수 있다는 거지, 지금 당장 가능하다는 건 아니야."

채소강마저도 두 눈을 초롱초롱 뜨며 부럽다는 듯이 쳐다보자 탁윤이 겸연쩍게 웃으며 대답했다.

하지만 입가의 미소는 어쩌지 못했다.

아직 이룬 경지가 아님에도, 그저 상상하는 것만으로도 가슴이 두근거렸다.

"맞아. 갈 길이 멀지. 내가 가르쳐 준다고 해도 직접 체득하는 건 또 다른 문제니까. 말처럼 쉬웠으면 통곡의 벽을 넘지 못한 이들이 그렇게 많지는 않았겠지."

"열심히 노력하겠습니다."

"과하게 하지는 말고. 단기 속성 과정 신청했던 수련생들 봤지? 생각이 많아지면 오히려 독이 돼. 이런 때일수록 단순하게 생각해야 해. 결국 벽을 넘는 방법은 정도(正道)뿐이다. 쉬운 길, 지름길을 찾다가 주화입마로 가는 거야. 종착지가 주화입마면 열에 여덟은 죽어."

꿀꺽!

고저 없는 말이었지만 그렇기에 세 사람에게는 더욱더 섬뜩하게 다가왔다. 동시에 석진호를 만난 게 얼마나 큰 행운인지 셋은 다시 한번 깨달았다. 적어도 무학에 대해서 석진호는 세 사람에게 신과 동급이었다.

"자, 그럼 훈련 시작하자. 윤이는 내력 운용부터 다시 시작하는 걸로. 지금으로는 턱없이 부족해."

"예."

"마룡이는 따로 설명 안 해도 알고 있겠지?"

"예! 저는 일단 도사(刀絲)부터 완성하겠습니다!"

절정을 상징하는 게 검기성강이라면 초일류의 경지를 증명하는 건 검사였다.

그렇기에 정마룡은 따로 시키지 않아도 알아서 한쪽으로 달려가 추뢰구식을 연마했다.

"소강이는, 알아서 잘하니까."

"제가 정말 잘하고 있는 건가요?"

채소강이 석진호의 눈치를 살피며 조심스럽게 물었다.

자신이 잘하고 있는 건지 감이 잡히질 않아서였다.

탁윤과 정마룡 못지않게 열심히 하고 있기는 하지만 중요한 건 결과였다.

그걸 너무나 잘 알기에 채소강이 머뭇거리며 물었다.

"잘하고 있어. 일단 너는 지금 성장기니까 절대 무리하면 안 돼. 다치면 손해야. 회복기만큼 시간을 날린다고 생각하면 돼."

"아."

어째서 다치면 안 된다고 하는지 채소강은 바로 이해했다.

더불어 석진호가 왜 간간이 자신을 찾아와 그만하라고 했는지도 이해했다.

"그러니까 지금처럼만 해. 한계 이상을 넘보는 건 육체가 완성된 다음에 해도 늦지 않으니까. 지금은 육체를 최상으로 만들어 간다고 생각하며 수련하면 된다."

"예!"

"그렇다고 적당히 하려는 마음은 먹지 말고. 늘 최선을 다해서."

"명심하겠습니다!"

마음속에 웅크리고 있던 걱정과 불안이 어느 정도 해소되었는지 채소강이 우렁차게 대답했다.

그러고는 한쪽 구석으로 가서 구궁호신공(九宮護身功)을 수련하기 시작했다.

"차합! 합!"

"우으읍!"

"흡! 흐읍!"

"슬슬 시작해도 되겠네."

개성 넘치는 셋의 기합을 들으며 석진호가 고개를 돌렸다.

그러자 어느새 거의 다 완성되어 가는 목조건물 하나가 눈에 들어왔다.

벌써 두 번째 건물을 올리는 모습을 보며 석진호는 감회가 새로웠다. 처음에는 건물 하나만 달랑 있었는데 지금은 목장도 생기고 텃밭과 차밭도 있다.

과수원도 준비 중이었고 말이다.

서서히 넓어지는 승천무관에 석진호는 왠지 모를 뿌듯함

武人還生
무인환생

을 느꼈다.

"보기 좋네."

전생의 휘황찬란한 삶과는 너무나 비교되는 삶이었지만 석진호는 이렇게 사는 것도 나쁘지 않다고 생각했다.

❦

평소와 달리 아침부터 황화현이 시끌벅적했다.

이른 시간부터 황화현을 찾는 행렬이 끊임없이 이어졌던 것이다.

"엄청나네."

"벽보도 안 붙였는데, 단지 입소문만으로 이 정도나 몰린 건가?"

"미쳤네. 못해도 삼백 명은 넘을 것 같은데."

봇짐을 메고서 승천무관을 찾은 세 명의 소년들이 헛웃음을 흘리며 주변을 두리번거렸다.

가족 단위로 찾아온 이들도 있었지만 대부분은 그들처럼 혼자, 혹은 동향 친구들끼리 찾아왔는데 그 숫자가 대충 봐도 삼백 명은 훌쩍 넘어 보였다.

근데 중요한 사실은 지금 이 순간에도 모여드는 인파가 계속 이어진다는 점이었다.

"얼마나 뽑을까?"

"글쎄. 관주님을 포함해도 무공을 가르칠 수 있는 사람이 셋밖에 없으니 그리 많이는 안 뽑을 것 같은데."

"석풍표국에서 수련생들을 받을 때도 쉰 명은 안 넘었다고 했어."

친구로 보이는 세 명이 불안한 표정을 지었다.

인산인해라는 말이 절로 떠오를 정도로 사람들은 계속해서 몰려드는데 자리는 한정적이니 불안감이 싹텄던 것이다.

"일단 나이 많은 사람은 거르겠지?"

"그건 모르지. 결정은 관주님이 하는 거니까. 그래도 나이가 어리면 유리하기는 하겠지. 무공은 무조건 일찍 시작하는 게 좋다니까."

"우리도 위험하려나."

"열 살 때 이런 모집이 있었으면 좋았을 것을."

세 사람이 동시에 한숨을 내쉬었다.

열다섯이란 나이는 많다면 많고, 적다면 적은 나이였기에 그들은 조마조마했다.

특히 한눈에 봐도 그들보다 어려 보이는 아이를 보면 가슴이 무거웠다.

"근데 뒷돈 받거나 그러지는 않겠지? 석가장 출신이라 돈이 궁하진 않을 거 아냐."

"단기 속성 과정인가? 그걸로 돈 엄청 벌었다는 소문도 있던데. 그러니 웬만한 푼돈은 거들떠도 안 보지 않을까?"

무인환생

"또 모르지. 거금을 때려 박으면 받아 줄지도."

소년들이 동시에 어느 한곳을 힐끔거렸다.

누가 봐도 귀한 집 자제 같은 소년이 사인교(四人轎)에 타고 있었는데 얼굴에는 걱정이나 불안감이 전혀 없었다.

마치 자신은 무조건 뽑힐 거라 자신하는 듯한 표정에 셋의 얼굴이 어두워졌다.

"인생 불공평한 거 모르는 것도 아니고. 일단 최선을 다해 보자. 혹시 알아? 우리 셋 다 합격할지."

"맞아. 아직 몰라. 정해진 건 아무것도 없다고."

"셋 중에 한 명만 붙더라도 응원해 주기로 한 거 잊지 말고."

세 명이 억지로나마 웃으며 손을 맞댔다.

그런데 그때 굳게 닫혀 있던 대문이 열리며 멋들어진 무복을 입은 청년이 모습을 드러냈다.

왼쪽 가슴에 승천(昇天)이란 두 글자가 수놓여 있는 흑색 무복에 곳곳에서 탄성이 터져 나왔다.

"모두 들어오십시오!"

"시작이다."

"들어가자!"

"밀지 마!"

정마륭의 외침에 사람들이 밀물처럼 승천무관 안으로 들어가기 시작했다. 먼저 들어간다고 해서 꼭 합격하는 건 아니었지만 그래도 좋은 자리를 잡아서 나쁠 건 없어서였다.

"엄청 모였네요."

"그러게. 이 정도로 모일 줄은 몰랐는데."

이제는 연무장이 된 앞마당을 내려다보며 석진호가 어깨를 으쓱거렸다.

전 중원에 알린 것도 아니고 고작 황화현 저잣거리에 말한 게 전부인데 이 정도나 모이자 석진호는 신기하기도 하고 뿌듯하기도 했다.

처음부터 키운 승천무관의 입지가 이 정도나 높아진 것 같아서였다.

"이게 다 승천무관의 명성이 높아졌다는 뜻 아니겠습니까."

"근데 이렇게 도와줄 여력이 있나? 봄이라서 일이 많아진 것으로 알고 있는데."

지시에 따라 오열을 맞추며 줄을 서는 소년 소녀를 보며 석진호가 말했다.

정확하게는 탁윤, 정마룡, 채소강과 함께 장내를 정리하는 청송표국의 표사들과 쟁자수들을 보면서 말이다.

따로 부탁하지 않았음에도 먼저 도와주겠다고 찾아왔기에 석진호는 고개를 갸웃거렸다.

"일손이 부족하실 것 같아서요. 그리고 저는 따로 지시를 내리지 않았습니다. 다들 자원해서 온 겁니다."

"흐음."

무인환생

석진호의 시선이 청송표국 사람들에게로 향했다.

보수도 없는 일인데 마치 자신의 일인 양 의욕적으로 하는 모습에 석진호가 이내 실소를 흘렸다.

자신을 힐끔거리는 모습을 보아하니 무슨 생각을 하고 있는지 알 수 있어서였다.

"개인적으로 저는 관주님께 정말 많은 도움을 받기도 했고요. 그래서 누나도 저렇게 한 손 보태기 위해 온 겁니다."

"그렇다면야."

청송표국이 빠르게 자리를 잡을 수 있었던 데에는 석진호의 역할이 아주 컸다.

직접적으로 도움을 주지는 않았지만 승천무관이 있다 보니 흑도 무리로부터 안전했고, 표국주인 그가 석진호와 각별한 사이라는 게 알려지자 따로 적을 두지 않고 있던 표사들과 쟁자수들이 모여들었다.

혹시나 석진호의 눈에 들까, 또는 도주윤이 넌지시 다리를 놔주지는 않을까 싶어 찾아온 것이었다.

그 속내를 도주윤 역시 알았기에 적절히 이용했고.

"부담 갖지 않으셔도 됩니다. 다들 본인 의지로 나선 것이니까요. 근데 선별은 어떻게 하실 생각입니까?"

십 대 후반도 있었지만 대부분은 열 살 안팎의 아이들이었다. 그렇다 보니 통제를 하려고 해도 쉽게 되지 않았다.

낯선 곳에서 낯선 이들과 함께하니 일단 울음부터 터트리는 아이들도 있었던 것이다.

"굳이 고를 필요 있을까? 알아서 떨어져 나갈 것 같은데."

"예?"

왠지 모르게 장난기 가득한 석진호의 표정에 도주윤이 눈을 끔뻑거렸다.

무슨 말인지 도통 알 수가 없어서였다.

"가장 중요한 건 인성이지만 그 못지않게 내가 따지는 게 근성이지. 사실 난 재능은 크게 기대 안 해. 원석이라 할 수 있는 녀석이 여기에 올 가능성은 냉정하게 말해 희박하지. 그리고 천재들은 자기가 잘난 걸 잘 알아. 그러니 재능은 아마 고만고만할 거다."

"그렇겠죠."

도주윤이 고개를 주억거렸다.

안 그래도 유심히 지원자들을 살펴봤던 그였다.

하지만 딱히 눈에 들어오는 이는 없었다.

물론 이제 막 절정을 밟은 그였기에 안목을 석진호와 비교할 수는 없었지만 그래도 특별한 재능은 눈에 띄기 마련인데 안타깝게도 그런 아이는 보이지 않았다.

"애초에 내가 무림에 큰 뜻이 있는 것도 아니고."

"그런 것치고는 관주님의 위명이 여전히 뜨겁습니다만."

"중요한 건 내가 그걸 딱히 원하지 않는다는 거지."

스윽.

武人還生
무인환생

개구쟁이 같은 얼굴로 대답한 석진호가 수신호를 보내듯 손을 흔들었다.

그러자 정마룡이 목소리에 진기를 담아 이런저런 설명을 하기 시작했다. 이윽고 한 곳에 질서 정연하게 모여 있던 지원자들이 일제히 세 사람을 따라 뛰기 시작했다.

"아."

그 모습에 도주윤은 석진호의 말을 이해했다.

어째서 근성 운운했는지 말이다.

"굳이 시험을 보거나 선별할 필요 없어. 의지 없는 애들은 얼마 못 버티고 나갈 테니까."

"으아아앙!"

"나 뛰기 싫어! 힘들어!"

"집에 갈래!"

석진호의 말이 끝나기 무섭게 자리에 주저앉아 울고불고 난리 치는 아이들이 속출했다. 연무장을 몇 바퀴 뛰지도 않았음에도 벌써부터 힘들다고 포기했던 것이다.

그 모습에 부모로 보이는 사람들이 어쩔 줄 몰라 했지만 정마룡은 냉정했다. 이미 석진호에게 따로 지시받은 게 있기에 정마룡은 포기자들을 가차 없이 밖으로 내보냈다.

"벌써 반이나 떨어져 나갔네요."

"아직은 어리니까. 그리고 절박하지 않으니 포기하는 거지."

석진호의 말대로였다.

반 가까이가 뛰는 걸 포기했지만 반대로 남아 있는 아이들은 두 눈에 독기를 품고 뛰었다.

믿을 건 몸뚱이밖에 없기에 어떻게든 합격하기 위해 기를 쓰고 뛰는 것이었다. 그리고 그 모습에서 도주윤은 과거의 자신을 엿볼 수 있었다.

'절정 고수가 되더니 배가 불렀구나.'

처절하다 못해 독기가 철철 흐르는 눈빛에 도주윤의 가슴이 찌르르 울렸다. 악착같이 뛰는 모습에서 홀로 죽어라 수련하던 자신의 옛 모습이 떠올랐던 것이다.

어떻게든 청송표국을 재건하겠다고, 모두가 떠나간 연무장에서 홀로 수련했다.

그때 그도 저런 눈빛이었다.

'이래서 무관을 차리신 건가.'

사실 석진호가 승천무관을 차렸다는 소식을 들었을 때 그는 고개를 갸웃거렸다.

그가 본 석진호는 어마어마한 재능을 가지고 있지만 딱히 무공에 뜻을 둔 것처럼 보이지는 않았다. 대단한 실력을 지니고 있음에도 자신을 그다지 드러내려 하지 않았고.

그런데 승천무관을 차렸다고 하자 의아했었는데 이제는 이해가 되었다.

'가르치면서 배우는 게 분명히 있으니까.'

武人還生
무인환생

아직은 소규모지만 그래도 나름 표국으로서 구색은 갖춰
진 청송표국이었다.

그래서 그도 쟁자수들에게 기본공을 가르치고 있는데 생
각 외로 깨닫는 게 적지 않았다.

예전에는 별거 아니라고 생각하며 지나쳤던 게 지금은 화
두가 되었던 것이다.

덕분에 도주윤은 요즘 같이 수련하는 느낌으로 쟁자수들
과 함께하고 있었다.

저벅저벅.

갑자기 느껴지는 인기척에 도주윤이 고개를 돌렸다.

그러자 한눈에 보기에도 부티가 자르르 흐르는 복장을 갖
춘 부부가 이쪽을 향해 다가오는 게 보였다.

정확하게는 그가 아닌 석진호를 향해서 걸어오는 게 말이
다.

"저기, 관주님."

온갖 소리로 시끌벅적한 연무장을 팽나연은 말없이 내려
다봤다.

그러나 그녀의 머릿속에 연무장의 광경은 없었다.

대신 당하린과의 대화가 팽나연의 머릿속을 가득 채우고

있었다.

'폐관수련이 너무 길었어.'

살벌했던 분위기와 달리 당하린과의 면담은 별거 없었다.

둘이 싸워 결판을 낸다고 해서 달라지는 것은 없었기 때문이다.

대신 팽나연은 소하정과 자연스럽게 어울리던 당하린의 모습에 입술을 깨물었다.

마치 시어머니와 며느리처럼 화기애애하게 요리를 하던 광경이 화인처럼 뇌리에 남았다.

'이대로는 안 돼.'

팽나연은 위기감을 느꼈다.

바느질보다는 도를 드는 걸 좋아하고, 방 안에 있는 것보다는 밖에서 수련하는 걸 좋아하는 그녀였다.

그렇다 보니 요리에 대해서는 아무것도 몰랐다.

하지만 그렇다고 해서 가만히 있을 수는 없었다.

'지금이라도 배워야 하나?'

팽나연이 자기도 모르게 손톱을 씹었다.

자연스럽게 어울리던 소하정과 당하린의 모습이 뇌리에서 떠나지 않았기에 초조했던 것이다.

'하지만 똑같은 방식으로는, 따라잡을 수는 있어도 추월할 수는 없어.'

더구나 이미 당하린이 하고 있기에 따라 하는 것으로 보일

무인환생

가능성이 컸다.

그렇다고 이대로 지켜보기만 하면 간격은 더 벌어질 것이기에 팽나연은 가슴이 답답했다.

동시에 부친이 원망스러웠다.

만약 폐관수련을 시키지 않았다면 이렇게까지 밀려나지는 않았을 거란 생각이 들어서였다.

'아냐. 아직 시간은 있어. 정해진 건 아무것도 없으니까.'

팽나연은 마음을 다잡았다.

당하린이 앞서 있는 건 분명했지만 그렇다고 결정이 된 건 아니었다.

가장 중요한 건 결국 석진호의 결정이었다.

그렇기에 그녀는 포기하지 않았다.

'포기는 절대 없어.'

팽나연의 눈동자가 또렷해졌다.

태산에서 운명처럼 석진호를 만난 후 다른 사람은 생각도 하지 않았다.

구명지은도 구명지은이었지만 그녀는 석진호보다 더 뛰어난 인물이 있을 거라고는 생각하지 않았다.

그리고 그 예상을 석진호는 무명으로 증명해 냈고 말이다.

'아빠의 생각은 다른 듯하지만, 그것도 얼마 가지 못할 거야. 결국 자식 이기는 부모는 없으니까. 큰오빠도 나와 같은 생각이고.'

팽나연의 두 눈이 형형하게 빛났다.

사천당가가 생각하는 걸 부친이 보지 못할 리가 없다고 생각해서였다.

물론 명문 세가에 비하면 배경이 부족한 건 사실이었지만 그건 현재만 봤을 때 그랬고, 미래는 지금과 완전히 다를 터였다.

"저는 처음부터 알아봤었지요. 석 관주가 잠룡이라는 사실을 말이죠."

"거짓말 마세요. 처음에는 탐탁지 않아 하셨잖아요."

"흠흠! 아닙니다. 실력자라는 건 알고 있었습니다. 단지 이 정도로 대단해지리라고는 생각하지 못했을 뿐이지."

"앞으로는 더 대단해지실 거예요."

"저도 그렇게 생각합니다. 아마 지금보다 더한 위명을 떨치겠지요. 정작 당사자는 그걸 원치 않는다고 해도 말이죠."

백상건이 장담하듯 말했다.

석진호가 공명심이 없다는 건 그도 잘 알았다.

아니, 석진호를 아는 모든 이들이 알고 있을 터였다.

하지만 강호는 힘을 가진 자를 결코 가만 놔두지 않았다.

'그게 무림의 속성이지. 또한 당사자는 가만히 있어도 주변이 가만 놔두지 않으니까.'

아예 산속에 은거를 한다면 모를까 지금처럼 사람과 어울려 산다면 조용히 사는 건 불가능했다.

무인환생

당장 사천당가만 봐도 그러했고.

"그러니까 그 전에 확실하게 매듭을 지어야 하는데……."

팽나연의 시선이 석진호에게로 향했다.

하지만 그녀의 뜨거운 시선을 느끼지 못한 건지 석진호는
옆에 선 도주윤과 무심하게 대화를 나눴다.

그런데 그때 부부로 보이는 일남일녀가 석진호에게 다가
가는 게 보였다.

"관주님."

"무슨 일입니까?"

풍채 좋은 장년인이 조심스럽게 말을 걸었다.

하지만 석진호의 시선은 그의 팔짱을 끼고 있는 여인에게
로 향했다.

분위기는 부부처럼 보이는데 나이 차이가 상당해 보여서
였다.

"관주님과 따로 조용히 대화를 나누고 싶습니다만."

여름도 되지 않았는데 벌써부터 비지땀을 흘리는 중년인
이 가식적인 미소를 지으며 입을 열었다.

이렇게 서 있는 것조차 힘들다는 듯이 말이다.

하지만 석진호는 단호하게 고개를 저었다.

"여기서 말씀하시죠."

"흐음, 그게……."

장년인의 시선이 도주윤에게로 향했다.

도주윤이 있어서 말하기 불편하다는 듯이 말이다.

"제가 비켜 드리지요."

"고맙소이다."

나이는 어려도 범상치 않은 기세를 풍겼기에 장년인은 함부로 말하지 않았다.

더구나 석진호와 이렇게 나란히 서 있을 정도면 관계가 상당할 것이기에 조심해서 나쁠 건 없다고 생각해서였다.

이윽고 도주윤이 서류를 작성하고 있는 도지윤에게 다가가자 석진호가 장년인을 쳐다봤다.

"말씀하시죠."

"관주님께 한 가지 여쭙고 싶은 게 있어서요. 저 훈련, 꼭 해야 합니까?"

석진호가 실소를 흘렸다.

창졸간에 장년인의 시선이 주저앉아 있는 뚱뚱한 아이에게 닿은 걸 봐서였다.

"가장 기본적인 훈련입니다. 일단 체력이 되어야 무공을 수련할 수 있으니까요."

"꼭 전부 다 기초부터 다질 필요는 없지 않습니까. 무공부터 배울 수도 있지 않겠습니까."

무인환생

장년인이 능글맞게 웃으며 말했다. 그러면서 그는 슬쩍 손에 미리 쥐고 있던 작은 목함을 보였다.

누가 봐도 무슨 의미인지 알 수 있도록 말이다.

"저희 아이는 체력도, 재능도 충분합니다. 지금 당장 관주님의 가르침을 받아도 될 정도로 말이지요."

"저 아이가 말입니까?"

목함을 보여 주기 무섭게 말을 잇는 장년인을 보며 석진호가 피식 웃었다.

얼마 뛰지도 않고 주저앉은 아이보고 체력이 충분하다고 하니 어이가 없어서였다.

"흠흠! 못하는 게 아니라 할 필요가 없어서입니다. 제 아들이 저래 보여도 체력 하나는 확실합니다. 또한 근골도 호위 무사들이 인정할 정도로 뛰어납니다. 하나같이 제자 삼고 싶다고 달려들 정도입니다."

"그럼 그들에게 맡기면 되겠네요."

열변을 토하는 장년인과 달리 석진호는 심드렁하게 대답했다.

딱 봐도 장년인의 재산을 노린 사기꾼들이 알랑방귀를 뀐 게 분명해서였다.

"어찌 제 아들을 어중이떠중이들에게 맡길 수 있겠습니까? 적어도 관주님 정도는 되어야 제 아들을 믿고 맡길 수 있지요. 그래서 말인데 제 아들을 제자로 받아 주십시오. 재능이 충분하니 관주님의 무맥을 확실하게 이을 수 있을 겁니다!"

장년인이 혀로 입술을 축이며 호언장담했다.

마치 자신의 아들이 천고의 기재인 것처럼 말이다.

그런데 웃긴 건 장년인의 눈동자에는 한 줌의 의심도 없다
는 점이었다.

진심으로 자신의 아들이 천재라고 믿는 듯한 장년인의 모
습에 석진호는 고개를 절레절레 저었다.

"아직 제자를 키울 생각도 없을뿐더러 귀하의 아들은 재능
이 없습니다. 뛰지도 못하는데 무공은 무슨 무공입니까. 칼
도 못 들 것 같은 몸인데."

"아닙니다! 관주님이 제대로 가르쳐 주시기만 한다면 금세
배울 겁니다!"

"가르치고 말고의 문제가 아닙니다. 할 의지가 없는데 뭘
어떻게 합니까."

"얼마를 원하시는지요? 말씀만 하십시오!"

단칼에 거절하는 석진호의 모습에 장년인이 다급하게 말
했다.

목함으로는 부족하다 여긴 모양인지 아예 전낭을 꺼냈다.

그래도 조금 전에는 조심하는 기미라도 보였는데 이제는
급해서인지 장년인은 자신의 재력을 숨기지 않았다.

"차라리 구대문파로 가시죠. 거기가 대화는 더 잘 통할 겁
니다."

武人還生
무인환생

"어, 어떻게 하면 제자로 받아 주실 겁니까?"

장년인이 매달리듯 말을 이었다.

하지만 석진호는 단호했다.

돈이 궁하지도 않을뿐더러 굳이 저런 녀석을 갱생시킬 필요는 없어서였다.

저 녀석에게 쏟을 심력이면 두세 명을 더 봐줄 수 있기에 석진호는 딱 잘라 말했다.

"분명히 말했을 텐데요. 제자를 받을 생각 없다고. 또한 관도로도 받지 않을 겁니다."

"다시, 제발 다시 생각해 주십시오!"

제42장 운명처럼

장년인이 바짓가랑이를 붙잡았다.

하지만 그렇게 한다고 바뀔 마음이었으면 진즉에 바뀌었을 터였다.

"떨어지시죠."

"관주님! 관주니임!"

결국 보다 못한 도주윤이 다시 다가왔다.

석진호가 손을 쓰는 것보다는 자신이 나서는 게 보기에 나았기에 솔선수범한 것이었다.

그런데 문제는 거기서 끝나지 않았다.

어떻게든 자식을 승천무관에 입관시키고 싶어 하는 부모들은 장년인만이 아니어서였다.

"어허! 물러나세요!"

"오늘은 관도를 뽑는 날이지 관주님의 제자를 선별하는 날이 아닙니다!"

계속되는 석진호의 거절에도 부모들은 달려드는 걸 멈추지 않았다.

혹시나 하는 마음에 죄다 달려들었던 것이다.

만약 석진호의 제자가 된다면 단숨에 자식의 인생이 바뀔 수 있기에 부모들은 자신들의 체면 따위는 신경 쓰지 않은 채 석진호에게 몸을 날렸다.

하지만 석진호에게서 다른 대답을 들은 이는 단 한 명도 없었다.

"멈추지 마!"

"뛸 수 있는 때까지 계속 뛰어!"

창문 밖에서 들리는 탁윤과 정마룡의 외침을 들으며 석진호가 붓을 놀렸다.

새로이 들어온 관도들이 익힐 무공을 정리 중이었다.

무관인 만큼 기본적으로 가르칠 무공이 필요했기에 석진호는 고민 끝에 몇 가지 무공을 창안했다.

그렇다고 대단한 수준은 아니고 말 그대로 기본공 수준의 무공을 만들었다.

"뼈대는 혼쾌십삼식으로."

무인환생

수많은 삶을 살아오며 석진호가 보고, 겪으며, 익힌 무공
만 수천 가지였다.

거기다 무영신투의 비동(秘洞)에서 명문 세가와 대문파의
상승 절학을 얻었기에 이류 수준의 무공을 만드는 건 그리
어렵지 않았다.

"보법은 단섬보에 따오고. 문제는 내공심법인데."

석진호가 미간을 좁혔다.

도법과 검법, 창법, 보법을 만드는 건 그리 어렵지 않았
다.

말 그대로 기본공이었기 때문이다.

하지만 내공심법은 달랐다.

"정순한 건 기본이고 나중에 상승 무공을 익혔을 때 온전
히 전환될 수 있도록 만들어야 하는데."

기본공은 말 그대로 기본공일 뿐이었다.

대성을 했거나 혹은 싹수가 보이는 관도들에게는 그다음
에 익힐 무공이 필요했다.

예를 들어 정마룡처럼 말이다.

그런데 여기에 가장 중요한 게 바로 내공심법이었다.

새로 익히는 내공심법과 반발이 없어야 하며 새로이 익히
게 될 다른 무공들과도 궁합이 맞아야 했다.

그래서 석진호는 고심에 빠졌다.

"어디 보자."

내공심법의 기본 뼈대를 세우고서 석진호가 생각에 잠겼다. 기본공 이후로 가르칠 무공도 이참에 만들려는 것이었다.

"흐음."

이윽고 정리가 끝났는지 손에 든 붓이 춤추듯이 새하얀 종이 위를 노닐었다.

적어도 무학에 관해선 일대 종사나 마찬가지인 석진호였다.

그렇기에 고민은 길지 않았다.

"마지막으로 제목을 써야지."

잠시 후 석진호의 책상에 무공서 다섯 개가 나란히 놓였다. 그런데 제목에 하나같이 승천이라는 두 글자가 들어갔다. 무관 이름이 승천무관인 만큼 아예 승천이라는 두 글자를 따서 무공명을 지은 것이었다.

"다음 단계의 무공명은 뭐라고 지어야 하나."

먹물이 잘 마르도록 석진호는 허공섭물로 무공서를 띄워 창가 근처의 탁자로 옮겼다.

그러고는 이내 제목이 없는 다섯 권의 무공서를 쳐다봤다.

바로 기본공 다음으로 가르칠 무공이었다.

대충 짜깁기를 하듯 만든 기본공과 다르게 지금 눈앞에 놓인 무공들은 일류 무공이라고 해도 과언이 아니었다.

그의 조언이 있다면 절정으로 올라갈 수도 있을 정도로 나름 상승의 무리가 담겨 있는 무공들이었기에 석진호는 눈썹

武人還生
무인환생

을 꿈틀거렸다.

기본공과 달리 이름을 대충 지을 수는 없어서였다.

"승천무관이랑 연계되는 이름이어야 하는데."

툭. 툭. 툭.

석진호가 입맛을 다시며 다시 고심에 빠졌다.

어째 무공을 만들 때보다 더 고심하는 모습이었다.

하지만 딱히 마음에 드는 이름이 떠오르지 않았다.

"으으으!"

"버텨! 버틸 수 있을 때까지 버티는 거다!"

"다, 다리에 힘이 없어요!"

"그래도 버텨!"

컹컹!

기마 자세를 수련 중인지 창밖에서 끙끙 앓는 소리가 들려왔다. 더불어 정마룡을 도와주려는 것인지 늑대 삼 형제가 짖는 소리도 들렸다.

"하늘에 올랐으니 자유롭게 날아다니는 게 맞겠지."

벼루에서 먹물을 촉촉이 머금고 있던 붓을 든 석진호가 거침없이 제목을 적어 내려갔다.

이윽고 다섯 권의 무공서에 비천(飛天)이라는 두 글자가 공통으로 적혔다.

"승천과 비천이라. 나쁘지 않네."

뒤이어 집필한 무공서도 허공섭물을 펼쳐 창가로 이동시

킨 석진호가 이내 책상을 정리했다.

그런데 그 순간 문득 한 가지 생각이 석진호의 뇌리를 스쳐 지나갔다.

마치 화두처럼 갑자기 떠올랐던 것이다.

'그러고 보니 그 대단하다는 구파일방과 오대세가의 상승 절학들 중에서 초월경 이후의 경지를 논하는 내용이 없네?'

각파와 각 가문을 대표하는 무공은 안타깝게도 없었다.

하지만 적어도 구파일방과 오대세가를 대표할 수 있는 무공들이 무영신투의 비동에 모여 있었다. 그런데 신기하게도 초월경 이상의 경지에 대한 설명이나 묘리는 전혀 없었다.

"흐음."

갑자기 떠오른 그 사실에 석진호는 묘한 의문을 느끼며 가부좌를 틀었다. 다시 한번 곰곰이 확인해 보기 위해서였다.

이윽고 석진호의 뇌리로 무영신투의 비동에서 읽었던 무공들이 찬찬히 떠올랐다.

'역시 없어.'

확인차 다시 한번 무공 구결들을 훑어봤지만 역시나 초월경에 대한 내용이 끝이었다.

물론 이것만 해도 대단한 것이었지만 안타깝게도 석진호에게는 크게 도움이 되지 않았다.

전생 때 초월경의 끝에 닿았었기에 참고는 될지 몰라도 발전에는 큰 영향을 끼치지 못해서였다.

'무당이나 소림은 있을 것도 같은데.'

소림사는 천하공부 출소림이라는 말처럼 중원무림에 지대한 영향을 끼쳤다. 대부분의 무공을 거슬러 올라가면 소림사의 무공이 나오지 않을까 싶을 정도로 말이다.

그 정도로 중원무림의 근간을 이루는 곳이 소림사였다.

그리고 무당파는 신선이 된 장삼봉이 직접 일으킨 문파인만큼 초월경 이후의 경지에 대한 설명이나 무리가 남아 있을지 몰랐다.

'문제는 외부인인 내가 그걸 볼 수 있을 리 만무하다는 사실이지.'

무공에 대해 욕심은 없었지만 그렇다고 갈증까지 없는 건아니었다.

끊임없이 이어지는 환생의 고리를 끊어 내기 위해서는 어찌 됐든 전생 때보다 강해져야 했기에 석진호는 깊은 한숨과함께 정신을 차렸다.

당장은 마땅한 방법이 떠오르지 않아서였다.

"일단은 할 수 있는 것부터."

전설처럼 회자되는 경지가 있기는 하지만 워낙에 소설 같은 내용들이 많아 선뜻 믿을 수가 없었다.

때문에 석진호는 우선 할 수 있는 것부터 시작하기로 마음먹었다.

얼마 전 단초를 잡기도 했고 말이다.

"이래서 스승의 존재가 필요한 건데."

혼자서도 잘했지만 그래도 사부가 있었다면 훨씬 더 빨리, 더 편하게 지금의 경지를 이루었을 게 분명했다.

그렇기에 문득 서글픈 감정이 들었지만 이내 석진호는 그런 생각을 털어 냈다.

이제 와서 이런 생각을 해 봤자 달라지는 건 없어서였다.

"그나저나 그놈은 잘 지냈을지 모르겠네. 이번 생을 제외하면 나름 가장 챙겨 준 녀석이었는데."

가족도, 문파도 일구지 않았지만 그렇다고 추종자도 없었던 건 아니었다. 그중 특히나 그를 따랐던 녀석이 있었는데 석진호는 문득 그 아이가 떠올랐다.

옛날 생각을 하니 자연스레 같이 떠오른 것이다.

"어디 가서 맞을 정도는 아니었으니 잘 지냈겠지."

하지만 그 생각은 오래가지 못했다.

석진호는 이내 자리에서 벌떡 일어나서는 방을 나섰다.

무공들도 다 완성했으니 내려가서 관도들을 살펴볼 생각이었다.

쏴아아아. 쏴아아아.

특이하게도 백발을 가진 청년이 바다를 응시했다.

武人還生
무인환생

그런 그의 눈동자에는 놀라움이 가득했는데 표정을 보아하니 바다를 처음 본 것 같았다.

"이게 말로만 듣던 바다로군."

"엄청나게 넓습니다."

"안력을 집중해도 끝이 안 보여."

청년의 뒤에 서 있던 중년인이 고개를 주억거렸다.

그런데 얼음 석상이 아닐까 싶을 정도로 냉막한 인상과 달리 중년인의 목소리는 부드러웠다.

"저도 그렇습니다."

"배라는 것도 한번 타 보고 싶은데."

"제가 구해 오겠습니다."

"지금은 말고. 오늘은 가야 할 곳이 있잖아?"

"그럼 준비해 놓겠습니다."

중년인이 지금 당장이라도 배 한 척을 사 놓겠다는 투로 말했다.

그러자 뒷짐을 지고 있던 청년이 손을 저었다.

굳이 살 필요는 없다고 생각해서였다.

"그러지 마. 여기에 뿌리내릴 것도 아닌데. 배야 한번 빌려 타면 되지."

"알겠습니다."

"소문이 사실일까?"

"천룡검 말씀이십니까?"

"응."

잔잔한 바다를 지그시 바라보며 청년이 고개를 주억거렸다. 그가 이 먼 황화현까지 온 이유는 오직 천룡검 때문이었다.

최고의 후기지수라 불리는 육룡조차도 내려다볼 정도의 실력자라는 말에 그는 남궁세가로 향하던 발걸음을 돌렸다.

검룡을 만나기 전에 천룡검부터 만나려는 것이었다.

"사천당가에서의 일을 보면 육룡보다는 확실히 뛰어날 것 같습니다. 독룡이 있음에도 사천당가주가 인정한 것을 보면 말이지요."

"그 콧대 높은 사천당가가 인정했으니 허명은 아니겠지."

청년이 눈을 반짝였다.

구파일방과 오대세가가 자랑하는 후기지수들인 육룡을 강제로 끌어내린 이를 떠올리자 호승심이 치솟았다.

지금껏 또래 중에 적수가 없었기에 더더욱 기대가 되었던 것이다.

"이제 곧 만나실 수 있을 겁니다."

"어디 가거나 그러진 않았겠지? 알아본 바에 의하면 돌아다니는 걸 굉장히 싫어한다던데."

"최근에 신입 관도들을 뽑았다고 하니 승천무관에 있지 않겠습니까. 초반이 제일 중요한 시기이니까요."

"일단 가자."

무인환생

보고 싶었던 바다도 충분히 봤겠다, 청년은 몸을 돌렸다.

말 나온 김에 바로 이동하려는 것이었다.

물론 만나자마자 겨루지는 못하겠지만 그래도 빨리 보고 싶었다.

무가가 아닌 상가에서 태어났음에도 당당히 천룡검이라는 별호를 따낸 무인을 말이다.

"제가 모시겠습니다."

그런 청년의 마음을 아는지 중년인이 옅은 미소를 지으며 앞장섰다. 이날을 위해 몇 날 며칠 동안 지도를 달달 외웠기에 중년인은 익숙하게 승천무관을 향해 걸어갔다.

"여기로군."

잠시 후 승천무관이라는 네 글자가 멋들어지게 써진 현판 앞에 도착한 청년이 고개를 주억거렸다.

글자만 봐도 범상치 않은 느낌을 받을 수 있어서였다.

"누구십니까?"

뒷짐을 지고서 현판을 지그시 쳐다보고 있을 때 안에서 사람이 나왔다. 승천무관의 관도들만 입는 것으로 보이는 무복을 입은 사내가 두 사람에게 다가왔던 것이다.

"무관주님을 뵙고 싶어 찾아왔네."

"혹시 약속이 되어 있으십니까?"

정마룡이 조심스럽게 두 사람을 살폈다.

머리카락만 봐도 평범해 보이지는 않았기에 정중히 물었

던 것이다.

게다가 말투도 살짝 이상했다.

사투리는 아니지만 묘하게 다른 억양에 정마룡은 발음에 더욱 신경 썼다.

"약속은 되어 있지 않네. 그래서 말인데, 말을 전해 줄 수 있겠나? 근처 객잔에서 기다리겠네."

"누구라고 전해 드릴까요?"

"북해에서 왔다고 전해 주게."

청년이 빙긋 웃으며 말했다.

하지만 그 말에 정마룡은 웃을 수 없었다.

북해라는 두 글자가 나오는 순간 반사적으로 한 곳이 떠올랐던 것이다.

동시에 두 사람의 백발이 두 눈 가득 들어왔다.

"잠시만 기다려 주십시오!"

아무나 승천무관에 들일 수는 없지만 정말 그곳에서 온 이들이라면 정마룡이 결정할 사항이 아니었다.

그렇기에 정마룡은 황급히 몸을 돌렸다.

또르륵.

자리에 앉은 청년이 멍한 눈으로 서서히 차오르는 찻잔을 쳐다봤다.

아까 전의 호승심은 어디로 갔는지 청년은 얼이 빠진 얼굴이었다.

'이게…… 말이 되나?'

청년의 눈동자에 서서히 초점이 잡혔다.

그러고는 천천히 다호를 들고 있는 석진호를 쳐다봤다.

'진짜 저게 가능하다고?'

석진호를 처음 본 순간 청년은 마치 벼락이라도 맞은 것처럼 깜짝 놀랐다.

아는 만큼 보인다는 말처럼 그는 석진호와 눈이 마주친 순간 알 수 있었다. 눈앞에 서 있는 석진호는 감히 그가 비벼볼 만한 상대가 아니라는 걸 말이다.

'어떻게 저 나이에 아버지와 비슷한 존재감을 뿌리는 거지?'

청년, 북궁혁은 몸을 부르르 떨었다.

아무리 봐도, 다시 봐도 믿기지가 않아서였다.

그렇다고 부정하기에는 직감이 말하는 바가 너무나 명백했다.

'저게 정말 가능하다고?'

북해무림에서 그의 적수는 없었다.

또래는 물론이고 중견 고수라 할 수 있는 이들도 그를 제대로 상대할 수 있는 손에 꼽았다.

그래서 중원무림에 육룡이 대단하다고 해도 무시했다.

육룡이 제아무리 대단하더라도 자신의 상대는 아니라고 생각했던 것이다. 한데 그게 얼마나 큰 오만인지 그는 석진호를 보는 순간 알 수 있었다.

"북해에서 오셨다고 들었습니다."

"……정식으로 소개하겠습니다. 북궁혁입니다."

"북궁이라는 성씨는 북해에서 오직 한 곳에서만 사용하는 것으로 알고 있습니다만."

북궁혁과 마찬가지로 여전히 충격에서 헤어 나오지 못하는 얼굴이던 중년인이 퍼뜩 정신을 차렸다.

그가 알기로 석진호는 하북성을 벗어난 적이 단 한 번밖에 없는데 북해에 대해서 아는 듯이 말하자 놀란 것이었다.

"북해에 대해서 아십니까?"

"조금 압니다. 워낙에 유명한 성씨이지 않습니까. 특히나 북해에서는. 게다가 빙공의 특징이기도 하고. 백발과 은발의 머리카락은."

"허!"

북궁혁이 놀란 표정을 지었다.

이렇게나 상세하게 알고 있을 줄은 몰라서였다.

동시에 중년인의 표정은 굳어졌다.

말하는 투를 보아하니 북궁혁의 신분을 알아챈 것 같아서였다.

무인환생

'최악의 상황이 벌어진다면…….'

북궁혁이 본 걸 그가 보지 못했을 리가 없었다.

그렇기에 중년인은 최악의 상황을 상정했다.

벌어지지 않기를 바라지만 세상일이라는 게 어떤 방향으로 흘러갈지 누구도 알 수 없었다.

그러니 대비는 늘 미리 해 두는 게 좋았다.

"저를 찾아오셨다고 들었습니다."

"……더 안 묻습니까?"

"물어서 뭐 합니까. 제가 북해에 갈 일도 없는데. 아마 북궁 소협이 저를 찾아오지 않았다면 이렇게 만날 일도 없었을 겁니다."

북궁혁이 두 눈을 껌뻑거렸다.

표정과 말투를 보면 자신의 신분을 아는 것 같은데 너무 개의치 않는 것 같아서였다.

"들었던 대로 무림에 관심이 적으시군요."

"솔직히 말하면 없습니다. 이 무관도 소일거리로 하는 것이고. 나름 재밌긴 합니다만."

석진호가 빙그레 웃으며 차를 들이켰다.

그에게 있어 북궁혁의 신분은 딱히 관심을 끌지 못했다.

오히려 자신을 찾아온 게 더 놀라웠다.

"오늘 자주 놀라네요. 제가 감정 기복이 별로 없는 편인데."

"저를 찾아오셨다고 들었습니다."

"예. 원래 남궁세가에 가던 길이었는데, 관주님의 무명을 들었습니다. 정확하게는 사천당가에서 있었던 일을요."

"비무입니까."

"맞습니다. 관주님께서 받아 주신다면 한 수 가르침을 받고 싶습니다."

북궁혁이 두 눈을 빛냈다.

호승심은 사라졌지만 대신 그 자리를 열정이 차지했다.

이기지 못하더라도 석진호와 한번 겨뤄 보고 싶었던 것이다.

"비무라."

"오늘이 아니더라도 괜찮습니다. 사실 기별도 없이 무작정 찾아온 제가 결례를 범한 건 사실이니까요."

무인들이 아무리 종잡을 수 없는 성격을 가진 족속들이라고 하나 그래도 기본적인 예의범절이라는 게 있었다.

그렇기에 북궁혁은 고개를 숙이며 사과했다.

석진호의 입장에서는 정말 난데없이 방문객이 찾아온 것이었기 때문이다.

"굳이 기다릴 것 있습니까. 바로 하죠."

"정말이십니까?"

"예. 아직은 급한 일이라고 할 만한 게 없거든요."

북궁혁이 반색한 표정을 지었다.

설마하니 이렇게 흔쾌히 받아 줄 줄은 몰랐기에 북궁혁은

무인환생

얼굴 가득 미소를 지었다.

"감사합니다."

"나가죠."

석진호가 옅게 웃으며 자리에서 일어났다.

안 그래도 마땅한 상대가 없던 차였다.

사천당가에서 상대했던 구가검문주가 제법 실력이 있기는 했지만 떨어진 실전 감각을 되살려 줄 정도는 아니었다.

게다가 북해빙궁의 무공은 중원의 무공과는 궤를 달리하기에 석진호 입장에서도 나쁘지 않았다.

'소궁주의 무공이 궁금하기도 하고.'

석진호가 겪었던 삶 중에는 북해무림에서의 삶도 있었다.

비록 얼마 살지 못해서 북해빙궁주의 무공을 견식하지 못했지만 다행히 이번에는 직접 느껴 볼 수 있을 듯했다.

특히 빙궁도가 익히는 무공과 궁주 직계가 익히는 무공이 얼마나 다른지도 궁금했다.

'무공을 많이 봐서 나쁠 건 없지.'

폐관수련으로 인해 벌어진 격차를 따라잡고자 팽나연은 부단히 노력했다.

비록 함께 요리하지는 못해도 텃밭을 가꾸거나 식재료를

손질하는 건 함께했다.

지금처럼 차를 마시며 담소도 자주 나누었고 말이다.

단지 딱 하나 마음에 안 드는 게 있다면 이 자리에 당하린이 함께 있다는 것이었다.

흠칫!

선의의 경쟁을 펼치기로 약속했기에 거슬리기는 해도 소하정의 앞에서 티를 내지 않았던 팽나연이 일순 움찔거렸다.

그런데 그건 옆에 앉아 있던 당하린도 마찬가지였다.

팽나연이 느낀 걸 당하린도 동시에 느낀 것이었다.

"이건······."

"중원에 이만한 빙공이 있었나?"

거리가 상당함에도 마치 몸이 얼어붙는 것 같은 지독한 냉기에 팽나연이 얼굴을 굳혔다.

그녀가 알기로 중원에 이 정도 기운을 흩뿌리는 빙한지공은 없어서였다.

"제가 알기로는 없어요. 열양공이라면 모를까 중원에는 빙공이라고 할 만한 게 없어요. 있다면······."

"북해빙궁이지. 근데 북해빙궁의 무인이 뜬금없이 나타날 리가 없잖아?"

"무슨 일이에요?"

갑자기 심각해진 분위기에 소하정도 덩달아 얼굴을 굳혔다.

武人還生
무인환생

두 사람의 표정을 보아하니 큰일이 벌어진 것 같아서였다.

"관주님이 대련을 하시는 모양이에요. 근데 느껴지는 기운이 좀 낯선 거라."

"살기는 없으니 걱정하지 않으셔도 돼요."

팽나연과 당하린이 표정을 풀고서 소하정을 진정시켰다.

둘 다 갑작스러운 빙한공에 놀란 것뿐이지 심각한 문제가 생긴 건 아니었다.

하지만 궁금하기는 했기에 두 사람은 소하정과 채소설을 이끌고서 뒷마당을 볼 수 있는 창문 쪽으로 걸어갔다.

꽈아아앙!

창문을 열자 때마침 충돌하는 두 사람이 보였다.

석진호와 백발을 가진 청년의 모습이 말이다.

'백발에 극음지공이라.'

-북해빙궁 같죠?

전신에서 무시무시한 냉기를 흩뿌리며 석진호에게 달려드는 청년을 보고 있을 때 당하린의 전음이 들렸다.

하지만 그녀는 섣불리 결론을 내리지 않았다.

북해빙궁이 가장 먼저 떠올랐으나 중원은 넓었다.

그리고 꼭 북해빙궁만이 빙한공을 가지고 있는 건 아니었기에 팽나연은 섣부르게 생각하지 않았다.

-다른 곳일 수도 있어. 중원에 알려지지 않은 신비 문파는 많으니까. 혹시 북해빙궁에 대해서 아는 게 있어?

-저는 없어요. 가장 최근에 남아 있는 기록이 이백십 년 전이라는 것 정도만 알아요.

팽나연이 미간을 좁혔다.

세외의 무림 세력이라 그런지 역시나 알려진 정보가 극히 드물었다.

지난 이백 년간 교류가 없기도 했고.

'그나마 다행스러운 건 살의가 없다는 거지.'

심각했던 표정을 풀었다.

석진호는 석가장에서 봤을 때와는 비교도 안 될 정도로 강해져 있었고, 진짜 싸움이 난 거라면 저기 있는 백발의 중년인이 가만히 서 있지는 않을 터였다.

세 사람이 뒷마당에 있지도 않을 것이고.

그렇기에 팽나연은 어느 순간 하고 있던 팔짱을 풀었다.

"어머, 저런 무공도 있네요. 얼음을 휘날리는 무공이라니."

"빙한지공이라는 무공이에요."

"신기하네요. 저런 무공이 있다니."

백발의 청년에게서 시작된 냉기는 어느새 소하정이 느낄 정도로 뒷마당을 가득 채우고 있었다.

건물 안까지 냉기가 스며들 정도로 말이다.

마치 한겨울이 되돌아온 것 같은 느낌에 소하정은 자기도 모르게 몸을 떨며 움츠렸다.

武人還生
무인환생

그러자 팽나연이 그녀의 손을 잡았다.

"이제 좀 괜찮으실 거예요."

"고마워요, 아가씨."

맞닿은 손에서 흘러들어 오는 따뜻한 온기에 소하정이 눈을 동그랗게 떴다.

팽나연이 진기로 그녀의 몸을 보호해 준 것이었다.

"고맙긴요. 당연히 해야 할 일인데."

"그나저나 도련님을 찾아오는 행렬이 줄어들 기미를 안 보이네요. 각 표국에서 파견 나온 사람들이 아직도 객잔에 머물고 있다고 하던데."

우려 섞인 말과 달리 소하정의 입꼬리는 살짝 올라가 있었다. 여기저기에서 찾아온다는 건 달리 말하면 그 정도로 석진호가 필요하다는 뜻이었다.

그렇기에 소하정은 내심 기분이 좋았다.

석가장에서 지낼 때와는 상황이 완전히 달라져서.

콰우우우!

하지만 소하정의 상념은 길게 이어지지 못했다.

무시무시한 얼음 폭풍이 뒷마당을 뒤덮어서였다.

동시에 찬 바람이 훅 불어왔다.

"괘, 괜찮겠죠?"

"걱정하실 거 없어요. 석 공자님은 강하시거든요."

"맞아요. 오라버니 표정에도 여유가 있고요."

"오라버니?"

웃으며 소하정을 다독이던 팽나연의 눈썹이 순간 꿈틀거렸다.

생각지도 못한 말도 말이지만 너무나 자연스럽게 오라버니라고 칭하자 그녀는 심기가 불편해졌다.

"편하게 대하라고 하셨거든요, 오라버니께서. 오라버니도 저를 편하게 대하시고요."

"……"

안 그래도 근래 들어 그 부분이 은연중에 거슬렸던 팽나연이었다.

하지만 두 사람이 그리하기로 합의를 본 걸 그녀가 이래라저래라 할 수는 없었기에 팽나연은 분한 얼굴로 자기도 모르게 입술을 깨물었다.

반면에 당하린은 은은한 미소를 머금었다.

스스스슷!

표홀한 움직임으로 석진호는 북궁혁의 공세를 모조리 회피했다.

허공을 뿌옇게 채운 얼음 결정 속에서 무시무시한 수강이 불쑥불쑥 튀어나왔지만 석진호는 마치 예상이라도 한 것처

武人還生
무인환생

럼 단 한 번도 북궁혁의 공격을 허락하지 않았다.

'대단하긴 하군.'

수화불침지체(水火不侵之體)를 이루었음에도 뼛속까지 얼려 버릴 것 같은 한기에 석진호는 내심 대단하다는 생각을 했다.

기대했던 대로 일개 빙궁도가 익히는 무공과 소궁주가 익히는 무공은 천양지차였다.

게다가 허공을 채우고 있는 얼음 결정이 다가 아니었다.

저건 북궁혁의 전신에서 흘러나오는 냉기에 허공중의 수분이 얼어서 나타난 현상일 뿐 빙공의 한기가 흩뿌리는 영역은 눈에 보이는 것보다 훨씬 넓었다.

'이 정도 한기면 웬만한 무인은 근처에 다가가지도 못하겠는데.'

자신이 이 정도라면 절정 고수들조차 근처에 다가가기도 전에 몸이 얼어붙을 터였다.

그리고 그 말은 육신이 뻣뻣해지며 감각이 둔해진다는 말과도 같았다. 최상의 상태에서도 상대하기가 껄끄러운데 몸 상태가 그렇게 바뀐다면 결과는 뻔했다.

물론 진기를 전신에 퍼트려 빙공의 냉기에 저항하는 것도 한 가지 방법이기는 했지만 싸우는 내내 그렇게 한다면 공력의 소모가 극심했다.

'하지만 나는 다르지.'

무영신투의 비동을 발견하기 전이었다면 고전했겠지만 지금은 아니었다. 전생의 무력을 거의 대부분 회복한 만큼 석진호는 웃으며 검을 뿌렸다.

싸아아앗!

흔한 검기 하나 서리지 않은 참격이었으나 그 일 검에 북궁혁을 보호하듯 감싸고 있던 얼음안개가 갈라졌다.

동시에 북궁혁의 신형이 처음으로 드러났다.

북궁혁을 꽁꽁 휘감고 있던 얼음안개가 강제로 벗겨졌던 것이다.

"차합!"

하지만 놀람은 짧았다.

애초에 북궁혁은 석진호가 자신보다 강하다는 걸 알고 있었다.

그렇기에 창졸간에 신색을 회복하고는 석진호를 향해 파상 공세를 펼쳤다.

석진호가 본격적으로 공격해 오면 반격할 여지가 없다는 걸 알았기에 북궁혁은 빙백신공을 극성으로 끌어 올리며 자신이 펼칠 수 있는 모든 걸 쏟아부었다.

콰콰콰쾅!

북궁혁의 쌍장에서 연신 장강이 뿜어져 나왔다.

그뿐만 아니라 그를 휘감고 있던 얼음 결정들이 폭풍처럼 회전하며 석진호의 시야를 방해했다.

살벌한 소성을 흘리며 석진호의 시각과 청각을 가렸던 것이다.

슈슈슈슉!

그리고 그 사이로 맹렬하게 회전하는 지강이 뿜어졌다.

마치 연사하듯 삽시간에 쏟아지는 지강 세례였으나 석진호의 몸에 적중한 건 단 한 개도 없었다.

전광석화처럼 뿌려지는 지강을 석진호는 검막을 펼치는 것으로 가볍게 전부 다 막아 냈던 것이다.

으득!

그 모습을 얼음안개 속에서 전부 다 지켜본 북궁혁이 이를 악물었다.

최소한 빈틈 정도는 만들 수 있지 않을까 했는데 너무나 완벽하게 막아 내자 순간 힘이 빠졌다.

하지만 그는 마음을 다잡았다.

'계속 밀어붙인다!'

모든 공격이 막히고 있었지만 북궁혁은 그럼에도 당황하지 않았다.

대신 더욱더 세밀하고 정교하게 공격을 이어 나갔다.

그가 익힌 빙백신공은 모든 병장기는 물론이고 권장지각으로도 펼칠 수 있는 신공이었다.

그렇기에 북궁혁은 진기를 가일층 끌어 올리며 얼음 폭풍을 펼쳤다.

쫘자자작!

이윽고 그의 전신에서 흘러나온 무지막지한 냉기에 땅바닥에 서리가 내리기 시작했다.

동시에 북궁혁의 주위만 휘돌고 있던 얼음안개가 삽시간에 사방을 뒤덮었다.

마치 폭풍처럼 주변을 순식간에 집어삼켰던 것이다.

"흐음."

그 모습에 석진호의 눈동자에 언뜻 이채가 서렸다.

빙백신공이 대단하다는 말은 들었지만 직접 겪어 보니 상상 이상이었다.

괜히 신공이자 북해제일무공이라 불리는 게 아니라는 걸 석진호는 체감할 수 있었다.

'공간 자체를 씹어 먹는 무공이라니.'

웬만한 상승 절학 가지고는 비벼 보기 힘들 정도의 수준에 석진호는 실소를 흘렸다.

당장 빙백신공에 비벼 볼 만한 무공이 있는 곳이 소림과 무당, 화산과 남궁세가 정도밖에 떠오르지 않았다.

그것도 네 곳을 대표하는 신공만이 감당할 수 있을 듯했기에 석진호는 입맛을 다시며 검을 휘둘렀다.

터어어엉!

그러자 마치 일부러 합을 맞춘 듯 허공에서 북 터지는 소리가 터져 나왔다.

武人還生
무인환생

두 사람이 공격이 절묘하게 충돌했던 것이다.

하지만 그건 겉으로만 보이는 모습이었고 실상은 달랐다.

'어떻게 단 하나도 안 통하는 거지? 경험이 그렇게 많다고?'

북궁혁은 아무리 생각해 봐도 이해가 가지 않았다.

변초와 허초를 수도 없이 섞으며 절묘하게 공격을 펼쳤건만 정작 석진호의 몸에 닿는 것은 아무것도 없었다.

마치 그의 속내를 훤히 들여다보는 것처럼 석진호는 너무나 쉽게 그의 파상 공세를 막아 냈다.

그게 북궁혁은 도저히 이해가 가지 않았다.

퍼퍼퍼펑!

지금만 하더라도 얼음안개가 사방을 뒤덮은 상태였다.

거기다 그는 얼음 결정을 밟고 다니며 허공을 자유롭게 이동하고 있었다.

그런데도 북궁혁은 지금껏 단 한 번도 석진호의 뒤를 점유한 적이 없었다.

'시간이 없어.'

게다가 지금 펼친 얼음 폭풍은 내공 소모가 극심한 기술이었다. 위력이 막강하지만 그만큼 그에게도 부담이 되는 기술인 만큼 최대한 서둘러 결판을 내야 했다.

'한 방! 제대로 된 한 방만……!'

북궁혁은 애초에 승리는 생각도 하지 않았다.

방심을 한다면 모르겠지만 그는 석진호와 눈을 마주친 순간 알았다.

기대했던 상황은 절대 벌어지지 않을 거란 사실을 말이다.

그래서 그는 마음을 달리 먹었다.

츠츠츠츠!

딱 한 방.

석진호에게 제대로 된 한 방만 먹일 수 있다면 오늘의 비무는 결코 헛되지 않다고 말이다.

'질 때 지더라도 사내대장부 존심이 있지, 한 방만 맞히자!'

그의 결심이 담겨서일까.

양손에 집약된 수강이 무시무시한 기운을 흩뿌렸다.

동시에 북궁혁은 석진호의 위치를 파악했다.

사방을 뒤덮은 얼음 결정들이 석진호의 위치를 알려 주었기에 찾는 건 어렵지 않았다.

쌔애액!

결심한 것과 동시에 북궁혁의 신형이 쏘아졌다.

최후의 일격이라는 듯이 살벌한 기세를 뿌려 대며 석진호에게 쇄도했던 것이다.

파아아앗!

그때 사위를 뒤덮은 얼음 결정들이 갈라졌다.

석진호의 몸에서 뿜어져 나온 기파가 얼음 결정들을 밀어냈던 것이다.

"흡!"

무인환생

마치 얼음 폭풍을 자신만의 방식으로 해석해서 펼쳐 내는 듯한 모습에 북궁혁의 두 눈이 화등잔만 하게 커졌다.

그러나 달려드는 걸 멈추지는 않았다.

이미 기호지세였기에 멈추기보다는 더욱더 빠르게 쇄도했다.

'한 방! 딱 한 방이면 돼!'

석진호의 기파에 밀려 이제 주위에 얼음 결정은 없었다.

하지만 북궁혁은 그럼에도 달려들었다.

퍼서서석.

오른손에 서려 있던 수강이 석진호의 검에 닿기 무섭게 바스러졌다. 흩뿌리던 기세와 달리 허무할 정도로 쉽게 부서졌던 것이다.

그러나 강맹하게 보이던 것은 눈속임이었다.

진짜는 왼손에 서린 수강이었다.

우우웅!

왼팔을 가득 뒤덮고 있던 얼음이 갑자기 작아지기 시작했다. 집약되었던 기운이 빠르게 압축되었던 것이다.

그리고 그 기운은 이내 계란 정도의 크기로 작아지더니 석진호를 향해 섬광처럼 쏘아졌다.

오른손에 맺혀 있던 수강을 베어 버리고 반쯤 열려 있는 석진호의 가슴을 향해서 말이다.

꽈아아앙!

이윽고 허공에서 무시무시한 폭발과 굉음이 일어났다.

지진이라도 난 것처럼 지축이 뒤흔들렸던 것이다.

동시에 북궁혁이 꼴사납게 뒤로 튕겨 날아가서는 바닥을 나뒹굴었다.

"크흐흐흐!"

허초까지 섞은 회심의 일격이었지만 북궁혁은 알았다.

마지막 순간 석진호의 검이 그의 강환을 터트려 버린 걸 말이다.

하지만 기분이 나쁘기보다는 개운했다.

북해빙궁에서도 그가 마음 편히 전력을 다할 수 있는 상대는 손에 꼽았다. 그래서 북궁혁은 깨끗했던 백색 무복에 흙먼지가 잔뜩 묻었음에도 웃었다.

이렇게 모든 걸 토해 내듯이 한 비무는 정말 오랜만이었으니까. 여기까지 온 게 헛걸음은 아니었다는 생각에 북궁혁은 바보처럼 웃었다.

"고생하셨습니다."

"나와 친구 하지 않겠습니까?"

"……?"

"비슷한 또래로 알고 있어서요. 혹시 새외무림의 사람이라 친구 하기가 싫은 거면…….'"

"그러지 뭐."

도중에 말이 끊겼지만 북궁혁은 웃었다.

무인환생

뒷말을 듣지 않겠다는 듯이 석진호가 일부러 말을 끊었음을 알 수 있어서였다.

그래서 그는 웃으며 팔을 뻗었다.

"고맙다."

"별걸 다 고마워하네."

"다행히 내 첫인상이 나쁘지 않았던 모양이야?"

"비무를 하면 성격을 알 수 있으니까."

북궁혁을 잡아 일으키며 석진호도 씨익 웃었다.

싸우면서 친해질 나이는 아니었지만 비무를 하면서 많은 걸 알고 느낄 수 있었다.

그리고 새외무림에 대해서 편견도 없었고 말이다.

"이런 날에 술이 빠질 수 없지. 아, 무관이라 술은 없으려나?"

"있어. 담금주를 좀 담가 놨거든."

"호오."

북궁혁이 곱상한 외모에는 어울리지 않게 입맛을 다셨다.

중원에 와서 다양한 술을 맛보기는 했으나 담금주는 처음이었다. 그렇기에 북궁혁이 두 눈을 초롱초롱하게 빛내며 석진호를 쳐다봤다.

"저기, 저도 한 잔 주시면……."

그때 멀찍이 떨어져서 지켜보고 있던 중년인도 다가왔다.

이런 경사스러운 날에 빠지고 싶지는 않아서였다.

더불어 석진호에 대해 좀 더 알고 싶기도 했고 말이다.

조금 전에는 승천무관주일 뿐이었지만 지금부터는 북궁혁의 친구였기에 그로서는 반드시 석진호에 대해 알아내고 보고할 의무가 있었다.

'하지만 나쁘진 않군.'

방금 전에 말을 놓았음에도 마치 십년지기처럼 편하게 서로를 대하는 모습에 중년인이 살짝 묘한 표정을 지었다.

보통은 외양이 다르고 새외무림 출신이라면 경계하거나 알게 모르게 꺼리는 티를 내는 게 대부분이었다.

은연중에 차별을 하기도 했고.

그러나 석진호에게서는 그런 기색이 전혀 보이지 않았다.

'어쩌면 그래서 공자님께서 친구를 하자고 하신 걸지도.'

북궁혁과 마찬가지로 상당히 그를 편하게 대하는 석진호를 힐끔거리며 중년인이 두 사람을 뒤따랐다.

곳곳에서 이쪽을 보고 있다는 건 눈치채지 못한 채 말이다.

집무실에 앉은 석진호가 책상 위에 놓인 서찰을 지그시 내려다봤다. 이미 한번 읽은 모양인지 서찰은 원래 접혀 있던 것과 다르게 접혀 있었다.

무인환생

"모용세가라."

"저에게 정중히 비무첩을 전달하고는 하정객잔에 가 있겠다고 했습니다."

툭툭.

정마룡의 대답을 들으며 석진호가 손가락을 두드렸다.

몰락한 것으로 알고 있는 모용세가의 후예가 나타났기에 잠시 생각에 빠진 것이었다.

'모용세가의 검법은 강호일절이었지.'

과거 전성기라 불리던 시절의 모용세가는 남궁세가와 비교해도 뒤떨어지지 않는 성세를 과시했다.

과욕의 결과로 하북팽가, 황보세가에 밀려났지만 무공만큼은 그곳보다도 뛰어났던 곳이 모용세가였었다.

'하긴. 부자가 망해도 삼대는 간다는 말도 있는데.'

한때 천하제일가를 넘봤던 가문이 모용세가였다.

그때 당시에는 사천당가도 이인자의 자리를 넘보지 못했던 만큼 만약 무공이 소실되지 않았다면, 완전히 복구했다면 다시 일어나는 것도 불가능하지는 않았다.

지금의 오대세가 역시 시작은 미미했으니까.

"어찌할까요?"

"지금 올 수 있다면 오라고 해. 여유가 없는 것도 아닌데 굳이 기다리게 만들 필요는 없지. 아직은 한가하니까. 물론 정중하게 물어봐. 오늘이 안 된다면 내일도 난 괜찮다고."

"알겠습니다. 그럼 지금 바로 가겠습니다."

"그래."

정마룡이 고개를 꾸벅 숙인 후 집무실을 나섰다.

그 모습을 잠시 지켜본 석진호는 반으로 접혀 있는 비무첩을 다시 펼쳤다.

이윽고 정성스레 한 글자 한 글자 적어 내려간 필체가 두 눈 가득 들어왔다.

굳이 서예를 공부하지 않아도 상대방이 어떤 마음으로 글을 썼는지 알 수 있는 필체에 석진호는 자기도 모르게 고개를 주억거렸다.

아우우!

그때 환기를 위해 열어 둔 창문에서 삼랑이들의 울음소리가 들려왔다.

동시에 관도들의 가쁜 호흡 소리도 들렸다.

"녀석들."

서찰을 내려놓은 석진호가 창가로 걸어갔다.

그러자 늑대 삼 형제들에게 쫓기듯 연무장을 돌고 있는 아이들의 모습이 눈에 들어왔다.

컹컹컹!

이제는 다 자란 늑대 삼 형제는 마치 관도들과 노는 것처럼 꼬리를 미친 듯이 흔들며 같이 뛰고 있었다.

선두에서 달리는 정마룡과 달리 맨 뒤에서 말이다.

물론 늑대 삼 형제가 개와 마찬가지로 길들여져 있는 걸 알지만 그래도 크기가 크기인지라 관도들은 뒤따라오는 늑대 삼 형제에게 따라잡히지 않으려고 악착같이 뛰었다.

냐아옹.

이제는 일상이 되어 버린 풍경을 가만히 구경하는데 창문으로 흑휘가 모습을 드러냈다.

특유의 도도한 얼굴로 다가와서는 석진호의 다리를 왔다 갔다 하며 머리를 비볐다.

"특식이 먹고 싶은 게냐."

냐옹!

석진호의 말이 끝나기도 전에 흑휘가 두 눈을 초롱초롱 빛냈다.

그뿐만 아니라 꼬리를 삼랑이처럼 격렬하게 흔들었다.

마치 이제는 먹을 때가 되었다는 듯이 말이다.

"하긴. 그간 특식이 없기는 했지."

바람결을 타고 목소리가 흘러간 모양인지 관도들과 뛰어놀고 있던 삼랑이들이 어느새 건물 아래 모여 있었다.

흑휘와 마찬가지로 두 눈을 초롱초롱하게 빛내며 석진호를 올려다봤던 것이다.

아직은 모르는 단어가 훨씬 많지만 간식과 특식이라는 두 글자는 분명하게 기억하는 모양인지 늑대 삼 형제가 침을 질질 흘렸다.

캬하학!

하지만 늑대 삼 형제는 이내 자리를 떠야 했다.

찬물도 위아래가 있다는 듯이 흑휘가 사납게 하악질을 하자 늑대 삼 형제들은 꼬리를 말고 도망쳤다.

"녀석."

그 모습에 석진호가 피식 웃으며 이마를 긁어 주었다.

그에게는 이런 모습도 마냥 귀여웠던 것이다.

북궁혁이 중년인과 함께 뒷마당으로 나왔다.

기품 있는 걸음걸이로 느긋하게 걸어 나왔던 것이다.

그런데 그보다 선객이 무려 세 명이나 더 있었다.

"안녕하세요."

"아, 예."

눈이 마주치기 무섭게 정중히 묵례해 오는 당하린을 향해 북궁혁도 반사적으로 고개를 숙였다.

그러자 나란히 서 있던 당아린, 팽나연도 그를 향해 인사를 해 왔다.

"북궁 소협도 비무를 보러 오신 건가요?"

"예. 재미있는 대결이 될 것 같아서요."

먼저 말을 걸어 주는 당하린을 향해 북궁혁이 차분한 어조

무인환생

로 대답했다.

빈객으로 승천무관에 머물면서 안면은 텄기에 당하린이 낯설지는 않았다. 반대로 당하린의 쌍둥이 동생은 상대하기가 조금 벅찼지만 말이다.

'정말 극과 극이라니까.'

생김새는 비슷하지만 성격은 완전 정반대였다.

당하린이 현숙한 느낌이라면 당아린은 왈가닥의 느낌이 강했다.

'도화는 살짝 내숭이 있는 것 같은데 말이지.'

존귀한 신분의 소유자답게 북궁혁은 북해빙궁에서 지낼 당시 상당히 많은 여인들을 만났었다.

깊은 관계는 아니더라도 누구 못지않게 관심을 받았던 이가 바로 그였다.

그렇기에 그는 당하린과 팽나연 사이에 감도는 묘한 기류를 진즉부터 파악하고 있었다.

'정작 진호는 딱히 관심이 없는 거 같은데.'

만난 시간은 그리 길지 않았지만 석진호에 대해 파악하기에는 충분했다.

그렇기에 북궁혁은 내심 고개를 저었다.

두 여인이 선의의 경쟁을 하는 건 알지만 정작 떡 줄 사람은 생각이 없는 것 같아서였다.

하지만 사람의 마음이라는 게 늘 뜻대로, 생각대로 흘러가지 않는다는 걸 알기에 그는 그 부분에 대해서는 말하지 않았다.

'더욱이 나는 제삼자이니까. 이런 문제는 당사자들끼리 해결해야지.'

팽나연과 당하린이 엄청난 미인이긴 하지만 그에게 있어 외모는 크게 중요하지 않았다.

북해에 저만한 미녀가 없는 것도 아니었기에 북궁혁은 이내 석진호와 대화를 주고받고 있는 청년에게로 시선을 옮겼다.

'모용세가란 말이지.'

석진호에게 비무첩을 보내온 이에 대해서 간략하게 설명을 들은 북궁혁이었다.

그렇기에 그는 두 눈을 빛내며 청년을 쳐다봤다.

모용세가의 무인을 만나는 건 처음이었지만 얘기는 꽤 많이 들었었다.

한때 천하제일인을 배출한 가문이기도 했기에 북궁혁은 보이는 청년의 실력이 궁금했다.

"갑작스러운 비무첩에도 흔쾌히 응해 주셔서 감사합니다, 석 소협. 아니, 무관주님이라고 해야 하나요?"

맑은 인상의 모용천이 조심스럽게 입을 열었다.

의외로 호칭에 신경 쓰는 이들이 많기에 직접적으로 물은 것이었다.

무인환생

"편하신 대로 부르시면 됩니다. 두 개 다 저를 뜻하는 것이니. 그런데 비무행을 하시는 겁니까?"

"예. 돌아가신 아버지의 유언이 일정 수준이 되면 세상을 둘러보라고 하셨습니다. 우물 안 개구리가 되지 말고 큰물에서 놀아야 한다고요. 더불어 모용가의 이름도 알리고요."

더 이상 세가라 부르기 힘들다는 걸 안다는 듯이 모용천이 머쓱하게 웃으며 대답했다.

냉정하게 말해 이제 세상에 모용씨는 그밖에 없기도 했고 말이다. 방계가 있을 수는 있겠으나 적어도 그와 마주친 이는 아직 없었다.

무림에서 모용세가가 모습을 감춘 지도 벌써 백여 년이라는 세월이 흘렀고 말이다.

"그러시군요."

"사실 연통을 받았을 때 많이 놀랐습니다. 비무첩을 보내긴 했으나 이 자리가 성사될 가능성은 희박하다고 생각했거든요. 헛소리하지 말라며 문전 박대를 받은 경우도 상당히 많았습니다."

모용천이 씁쓸한 표정을 지었다.

명문 세가였던 모용세가가 이제는 강호에서 잊혔음을 피부로 체감할 수 있었던 적이 많아서였다.

이제는 전설처럼 남아 회자되는 수준이었는데 강호에서도 무명 높은 석진호가 이렇게 선뜻 비무를 받아 주자 모용천은 놀라면서도 신기했다.

이런 결정을 내리기가 쉽지 않다는 걸 그 역시 너무나 잘 알고 있어서였다.

"진짜 모용세가 출신인지 궁금하기도 하고, 비무첩을 너무 정성 들여 쓰셨더라고요. 그래서 한번 뵙고 싶었습니다. 사기꾼이면 그냥 쫓아내면 되니까요."

"일단 사기꾼은 아니라고 인정받은 것이로군요."

"무공이 고강한 사기꾼도 존재하기는 하지만, 제 감은 아니라고 말하는군요."

"좋게 봐주셔서 감사합니다."

모용천이 다시 한번 정중하게 포권을 해 왔다.

그 모습에 석진호는 그저 어깨를 으쓱거리기만 했다.

하지만 석진호는 알고 있었다.

지금 눈앞에 서 있는 모용천이 진짜 모용세가의 후예라는 사실을 말이다.

'일단 자세는 제대로 배웠군. 내공심법은 어떨지 모르겠지만.'

각 문파나 가문마다 독특한 특색을 가지고 있었다.

특히나 모용세가의 무공은 이화접목(移花接木)에 기반을 두고 있었다.

새외라고 해도 이상하지 않은 길림성에 터를 잡고 있었기에 무공도 여타의 중원 무림 세가들하고는 달랐고 말이다.

무인환생

"시작할까요?"

"저는 준비되었습니다."

"그럼 내가 심판을 봐줄게. 시작을 말해 줄 사람은 필요하니까."

두 사람의 곁으로 북궁혁이 은근슬쩍 다가왔다.

모용천도 비슷한 또래인 것 같자 슬그머니 나선 것이었다.

"그럴 필요가 있을까?"

"나랑 비무할 때도 심판이 있었잖아."

북궁혁이 한쪽에 우두커니 서 있는 중년인을 향해 눈짓했다.

그 모습에 석진호가 고개를 주억거렸다.

생각해 보니 그때 비무의 시작을 알려 준 게 바로 중년인이었다.

"근데 왜 이렇게 몰린 거야?"

중년인을 향했던 시선이 이내 세 여인에게로 향했다.

따로 말하지 않은 것 같은데 세 명이 우르르 모여 있어서였다.

"그건 나도 모르지. 난 말 안 했어. 아직 서먹한 관계이기도 하고."

북궁혁이 뒷말은 작게 말했다.

거의 입만 달싹이는 수준으로 말하자 모용천이 의아한 얼굴로 고개를 돌리다가 퍼뜩 놀랐다.

하나같이 범상치 않은 미모를 가진 여인 세 명이 나란히 서 있자 심장이 쿵쾅거렸던 것이다.

모용세가 출신이기는 해도 현재는 거의 낭인이나 다를 바 없었기에 모용천은 셋과 같은 미녀를 보는 게 처음이었다.

"헙!"

"이 친구 놀라는 것 좀 보게."

"기, 길림성에서 벗어난 건 이번이 처음이라서요."

"하긴. 저만한 미녀들을 보기는 힘들지. 길림성에서."

하북성으로 오기 전에 들렀던 곳이 바로 길림성이었다.

그리고 그 길림성에서 북궁혁은 딱히 미녀라고 할 만한 여인은 보지 못했다.

"아, 덧붙이자면 저는 길림성을 비하하려거나 하는 의도는 아니었습니다. 애초에 저는 중원이 아닌 북해 출신이기도 하고요."

"괜찮습니다. 저 역시 그런 의미로 받아들이지 않았고요."

"다행이군요."

의외로 정중하게 대하는 북궁혁의 모습에서 석진호가 내심 피식 웃었다.

북궁혁 역시 어느 정도는 모용천의 실력에 대해서 파악한 것 같아서였다.

그렇기에 먼저 다가와서 심판을 보네 마네 한 것일 테고.

스르륵.

武人還生
무인환생

모용천과 짧은 대화를 마친 북궁혁이 오른손 검지를 펼쳤다.

이윽고 그의 손가락 끝에서 작은 얼음 결정이 생겼다.

"그게 떨어지면 시작이라고?"

"응. 금세 녹을 테니까. 크기도 작아서 두 사람에게 방해되지도 않을 거고. 낙엽이 떨어질 때까지 기다리는 건 너무 오래 걸리잖아. 바람이 이상하게 불 가능성도 있고. 내 얼음 구슬은 무게가 적당해서 수직으로 떨어지거든."

"좋아."

북궁혁의 설명에 석진호는 고개를 주억거렸고, 모용천은 긴장한 얼굴로 자세를 잡았다.

이제 진짜 시작이라는 생각이 들어서였다.

동시에 그는 두 눈을 부릅뜨고서 석진호의 모든 걸 동공에 담았다.

일거수일투족을 확인하기 위해서였다.

"그럼 던진다."

후웅.

북궁혁이 손가락을 튕기며 뒤로 물러났다.

잠시 후 하늘 위로 솟았던 작은 얼음 결정이 정점을 찍고 서서히 아래로 떨어졌다.

퍼석.

땅에 닿기 무섭게 얼음 결정은 한 줌 물로 변해 흙속으로 스며들었다.

그러나 석진호나 모용천은 움직이지 않았다.

서로를 주시하며 꼼짝도 하지 않았던 것이다.

'역시 틈이 없어.'

모용천의 동공이 미세하게 흔들렸다.

그냥 편하게 서 있는 듯했지만 모용천의 눈에는 달리 보였다.

어딜 봐도 파고들 틈이 없었던 것이다.

어느 쪽을 공격해도 모조리 다 막아 낼 것만 같은 느낌에 모용천이 마른침을 삼켰다.

'선수필승!'

하지만 고민은 길지 않았다.

이렇게 심력을 소비할 바에는 몸 상태가 최상일 때 뭐라도 해야 했다.

더욱이 빈틈이 없다면 만들면 되었기에 모용천은 가문의 절학이자 한때 중원무림을 평정했던 구천칠성검(九天七星劍)을 펼쳤다.

쉬이이익!

미세한 파공음과 함께 오래된 검이 허공에 한 줄기 선을 그었다. 마치 전광석화처럼 석진호의 심장을 향해 쇄도했던 것이다.

터엉!

그러나 섬광처럼 파고들었던 검은 석진호에게 닿지 않았다. 언제 뽑아 든 것인지 석진호 역시 검격으로 그의 일 검을 튕겨 냈던 것이다.

파파파팟!

하지만 모용천의 공격은 이제부터가 시작이었다.

섬전을 쪼개듯이 모용천의 검극이 무시무시한 속도로 석진호에게 쏘아졌다.

터터터텅!

칠성이라는 이름처럼 일곱 줄기의 검기가 석진호의 전신 요혈을 노렸다.

날카로우면서도 세밀하고 정교하게 파고드는 연환격에 석진호도 피하기보다는 맞받아쳤다.

그 정도로 모용천의 검격은 기본기에 충실하면서도 매서웠다.

북궁혁이 막대한 공력으로 찍어 누른다면 모용천은 석진호와 마찬가지로 효율을 극대화하는 성향 같았다.

까앙! 까가가강!

게다가 상대적으로 방어에 약했던 북궁혁과 달리 모용천은 공방 일체의 검예를 선보였다.

모용세가 특유의 이화접목의 묘리가 깃들어 있는 검술로 석진호의 공격을 효율적으로 막아 냈던 것이다.

그 모습에 석진호는 북궁혁과 모용천이 겨루면 재미있을

것 같다는 생각이 들었다.

'일단 약점을 알았으니 그 부분을 공략해 볼까.'

쩌어어엉!

석진호가 공력을 가일층 끌어 올렸다.

기교는 대단하지만 공력이 부족하단 걸 알고 힘 대결로 이끌고 갔던 것이다.

거기다 기교라면 석진호 역시 뒤지지 않았다.

수많은 생을 살며 정말 말도 안 되는 경험을 쌓은 만큼 석진호는 그 면모를 여지없이 선보였다.

"크으윽!"

강력한 힘이 실린 검격을 모용천은 가까스로 흘려 냈다.

이렇게 무식한 힘 대결은 피하는 게 상책이었지만 이상하게도 그는 그럴 수가 없었다.

석진호가 그의 경로를 모조리 틀어막았기에 유일한 방법인 막기밖에 할 수 없었던 것이다.

그렇다고 기교가 부족한 것도 아니기에 모용천은 아무리 발악을 해도 빈틈을 만들어 내지 못했다.

'기교가 뛰어나다는 말은 못 들었는데.'

힘과 기술이 절묘하게 어우러지는 공세에 모용천은 정신을 차리지 못했다.

분명 선공을 한 건 자신이었는데 어느 순간부터 그는 수세에 몰려 있었다.

무인환생

'최대한 흘려 낸 다음에 기회를 노려야 한다. 분명 한 번은 기회가 온다.'

모용천이 이를 악물었다.

방어라면 그도 자신이 있었다.

무지막지한 힘과 공력이 실려 있었지만 최대한 비껴 막아서 충격을 흘려 낸다면, 버티고 또 버틴다면 기회가 올 거라고 생각했다.

싸움에도 흐름이 있다는 걸 알기에 모용천은 인내하며 기다리고 기다렸다.

쩌어어엉!

다만 문제는 석진호가 그런 그의 속내마저도 완전히 꿰뚫고 있다는 점이었다. 모용천이 버티려는 기미를 보이자 석진호는 더욱더 강하게 검을 휘둘렀다.

"큭!"

폭격하듯 두들기는 석진호의 파상 공세에 모용천이 끝내 항복했다. 순식간에 축적되는 충격에 마지막으로 반격을 꾀했으나 결과는 실패했다. 그가 감당할 수 없는 충격량이었기에 스스로 자멸했던 것이다.

"고생하셨습니다."

"수고하셨습니다. 무관주님 덕분에 정말 많이 배웠습니다."

비등한 대결도 아니고 일방적인 패배였으나 모용천의 얼

굴은 밝았다. 석진호와의 비무로 많은 걸 배우고 느낄 수 있어서였다. 동시에 석진호의 무명이 허명이 아니라는 사실도 확인했다.

'이 정도로 격차가 나다니. 역시 세상은 넓어.'

武人還生
무인환생

제43장 빈객(賓客)

모용천은 진심으로 감탄했다.

사실 모용천은 석진호의 위명이 대단하다고 하나 그래도 자신과는 크게 차이 나지는 않을 거라고 생각했다.

자신 역시 드러나지 않았을 뿐이지 실력이 부족하다고 생각하지는 않았다.

하지만 그게 오만이고 착각이었음을 모용천은 이번 비무로, 그것도 비무행의 시작부터 느낄 줄은 몰랐다.

'저기 북해에서 왔다는 남자도 만만치 않고.'

갈무리를 하고 있었지만 고수는 고수를 알아본다는 말처럼 모용천은 북궁혁도 보통이 아님을 느끼고 있었다.

북궁혁 역시 그걸 알기에 자신을 함부로 대하지 않는 것일 테고.

게다가 구경꾼처럼 서 있는 세 명의 여인들 중 두 명 역시 나이대를 생각하면 평범한 경지는 아니었다.

그야말로 용담호혈이나 마찬가지인 이곳의 풍경에 모용천은 진심으로 헛웃음이 나왔다.

'근데 부럽네.'

모용천의 얼굴이 살짝 붉어졌다.

세 여인을 힐끔거리자 자연스레 다시 심장이 두근거렸던 것이다.

그러면서 모용천은 마음을 다잡았다.

승천무관이 세워진 지 고작 일 년 남짓이었다.

그 말은 달리 말하면 자신도 할 수 있다는 뜻이었다.

물론 쉽지는 않겠지만 천 리 길도 한 걸음부터라는 말도 있듯이 모용천은 노력하다 보면 언젠가는 과거의 찬란했던 영광을 재현할 수 있을 거라 생각했다.

'반드시 그렇게 만들 거야.'

어마어마한 의무가 어깨에 올라가 있었지만 모용천은 괴로워하지 않았다.

모용씨를 가지고 태어난 순간부터 이건 그의 숙명이었고, 피할 생각은 단 한 번도 한 적 없었다.

그에게는 그럴 시간도 없었다.

"차 한잔하시겠습니까?"

무인환생

"저야 감사하죠."

모용천이 곧바로 대답했다.

안 그래도 이것저것 물어보고 싶은 게 많았던 찰나였다.

어떻게 그 정도 수준까지 올랐는지 궁금하기도 했고 말이다.

"차보다는 술이 낫지 않아? 남자 둘이 한낮에 차라니."

"낮에 술이 더 이상하다고 생각하지는 않고?"

"우리는 마셔도 얼마 취하지도 않잖아. 마음만 먹으면 주정도 금세 배출 가능한데."

"그럴 거면 왜 마셔?"

북궁혁이 슬그머니 끼어들었다.

그러고는 너무나 자연스럽게 옥신각신하기 시작했다.

근데 그 모습을 모용천은 짐짓 부러운 기색으로 쳐다봤다.

대화하는 모습이 마치 오래된 친구처럼 보여서였다.

"그럼 당사자에게 물어보자. 모용 공자는 차와 술 중 어떤 게 당깁니까?"

"어, 저는……."

칼자루가 자신에게 넘어올 줄은 몰랐는지 모용천이 순간 말을 더듬었다.

갑자기 자신에게 의견을 물을 줄은 몰라서였다.

하지만 당황한 것도 잠시, 모용천은 이내 입을 열었다.

"일단은 차가 낫지 않을까 싶습니다. 술은 그다음에 마셔도 되니까요."

"좋은 생각인데?"

"담금주 깔 생각은 하지 마. 아직 좀 더 우러나와야 하니까."

"술이 뭐 담금주만 있나."

말을 하면서도 북궁혁은 입맛을 쩝쩝 다셨다.

아직도 담금주의 맛을 잊지 못한 기색이었다.

"가시죠."

"아, 예."

입맛을 다시는 북궁혁을 내버려 두고 석진호는 모용천에게 말했다.

이윽고 세 사람이 건물 안으로 들어갔다.

"자, 한 명씩 나와서 받아 가. 각자 치수에 맞게 준비한 옷인데 살짝 오차가 날 수도 있으니까 바로 입어 봐. 그래야 지금 당장 수선할 수 있으니까."

"예!"

정마룡의 말에 아이들이 잔뜩 들뜬 얼굴로 대답했다.

승천무관의 관도임을 알리는 옷을 배급받자 다들 기쁜 마음을 감추지 못했던 것이다.

武人還生
무인환생

특히 왼쪽 가슴에 흰색 실로 승천이라는 두 글자가 수놓여 있는 모습에 아이들의 입이 함지박만 하게 벌어졌다.

옷을 배급받으니 진짜 정식 관도가 된 것 같은 느낌이 들어서였다.

"싸구려 옷감이 아냐. 게다가 두 벌이나 주다니."

"진짜 좋다."

하정객잔에서 점소이로 일하다가 승천무관에 들어온 두 소년이 몽롱한 표정을 지었다.

대충 만든 옷이 아님을 만져 보는 순간 알 수 있어서였다.

"이제 좀 실감이 난다, 내가 신입 관도라는 사실이."

"나도."

"근데 슬슬 내공심법을 배울 때가 되지 않았나? 토납법은 이제 지겨운데."

"아직 시기가 아니라고 생각하시나 보지. 만약 내공심법을 가르쳤다가 관두겠다고 도망치면 어떡해. 기본공이라지만 그래도 내공심법인데. 저잣거리에서 굴러다니는 삼류 무공보다는 훨씬 나을 텐데 함부로 공개할 수는 없지. 안정성도 확실하고."

지겨운 건 유하일도 마찬가지였다.

그러나 친구인 이춘욱처럼 불평불만을 하지는 않았다.

승천무관에 입관한 것만으로도 그는 정말 감사하게 생각하고 있어서였다.

게다가 그는 어떻게든 승천무관에서 버티고 버텨서 무공을 배워야 했다.

그래야 동생들을 먹여 살릴 수 있기에 유하일은 불평불만할 시간에 기초 체력을 길렀다.

"투덜거리는 게 아니라 말이 그렇다는 거지. 슬슬 배울 때가 된 것 같으니까. 그런데 도망칠 애들이 있을까? 내공심법을 배우고 도망치면 단전을 파괴한다고 했는데."

"모르지. 사람 일이라는 게 어떻게 될지 모르니까. 더 좋은 기회가 생길 수도 있고."

"그건 그렇지."

지금이야 정식 관도가 되었다는 사실에 기뻐한다지만 나중에는 달라질 수도 있었다.

만약 구대문파의 무인이 제자가 되라고 하면 열에 아홉은 따라가겠다고 할 터였다.

승천무관이 대단한 건 사실이었지만 그래도 구대문파에 비할 바는 아니었으니까.

"근데 그럴 가능성은 없어. 정말 근골이 뛰어났다면 진즉에 간택을 받았겠지."

"하긴."

유하일의 말에 이춘욱이 고개를 주억거렸다.

될 놈은 어떻게 해도 된다는 사실을 잘 알고 있어서였다.

"다들 옷 갈아입고 모여라! 오전 일과를 시작할 거니까!"

武人還生
무인환생

"예, 정 교두님!"

정마륭의 외침에 아이들이 일사불란하게 움직였다.

그리고 그 모습에 정마륭이 입술을 씰룩거렸다.

언제 들어도 정 교두님이라는 말은 그를 설레게 만들었던 것이다.

'흐흐흐!'

일개 하인에 불과했던 그가 이제는 하북성에서 제일 잘나가는 무관의 무공 교두가 되었다.

그게 정마륭은 신기하면서도 아직도 믿기지가 않았다.

하지만 그는 기뻐는 하되 자만하지는 않았다.

이 모든 게 다 석진호 덕분이라는 걸 알았기에 정마륭은 늘 겸손하려 애썼다.

"입 찢어지겠습니다."

"넌 안 좋아, 탁 교두?"

"저야, 뭐."

그래도 좋은 기색은 감추지 못했는데 그걸 탁윤이 콕 짚어 말했다.

옆에서 보면 누가 봐도 티가 나서였다.

"돌이켜 보면 진짜 많은 게 지났어. 불과 이 년 전만 하더라도 우리는 수백 명 중 한 명의 하인에 불과했는데."

"형님은 꿈을 이루셨죠."

"맞아. 아직 갈 길은 멀지만 관주님을 뵙기 전과 비교하면 진짜 하늘과 땅만큼 차이가 나지. 지금까지 내가 제일 잘한 결정 중 하나가 관주님을 찾아간 것이었어."

"그때 퇴짜 맞으셨으면 아직도 석가장에 계셨을 텐데."

정마룡이 몸을 부르르 떨었다.

상상하는 것만으로도 끔찍했던 것이다.

아니, 상상하기조차 싫었다.

"그런 섬뜩한 말은 하지 말고. 상상해 버리고 말았잖아."

"뭐 어때요. 가정일 뿐인데."

"그 가정조차도 떠올리고 싶지 않아."

"다 모였습니다, 정 교두님!"

탁윤과 도란도란 대화를 나누는 사이 승천이라는 두 글자가 수놓인 황색 무복을 입은 관도들이 오열을 맞추고서 소리쳤다.

그 모습에 정마룡은 다시 근엄한 표정으로 돌아와 뒷마당의 목장으로 향했다.

인원이 많아진 만큼 그 인력을 효율적으로 사용하기 위해서였다.

"모두 일 시작해라!"

"예!"

무복을 받아서 그런지 다들 대답에 힘이 넘쳤다.

움직임도 평소보다 배는 빠른 듯했다.

이윽고 익숙하게 조를 이뤄 흩어진 아이들이 발 빠르게 목

武人還生
무인환생

장을 청소하기 시작했다.

몇몇이 가축들의 똥을 모으면 다른 조의 인원들은 수레나 달구지에 똥을 실었다.

텃밭과 과수원에 거름으로 사용하기 위해서였다.

그리고 몇몇은 계란이나 꿩의 알을 챙겨 상자에 담았다.

"점점 능숙해지네요."

"역할 분담도 확실하고. 다행히 아직은 분탕질을 일으키는 애들도 없고."

"다들 간절한 마음으로 들어왔으니까요. 이제는 어느 정도 걸러졌다고 봐야죠."

"슬슬 내공심법을 가르쳐도 될 것 같아. 기본기도 어느 정도 갖춰졌고."

군말 없이 알아서 착착 자기가 할 일을 찾아 하는 관도들의 모습에 정마룡은 이제 내공심법을 가르쳐도 될 것 같다는 생각을 했다.

물론 최종 결정은 석진호가 하는 것이었지만 말을 꺼낼 권한 정도는 그에게도 있었다.

다들 내공심법을 기다리는 게 눈에 보이기도 했고 말이다.

"불미스러운 일은 벌어지지 않았으면 좋겠는데 말이죠."

"우리가 안 일어나게 잘해야지. 무공 교두라는 감투도 썼는데 말이야."

사람 관리가 제일 어렵다는 걸 알았지만 그래도 해야 했다.

두 사람을 믿기에 석진호가 무공 교두라는 직위를 내려 준 것이니까.

그리고 정마룡은 그 믿음에 보답하고 싶지 실망시키고 싶지 않았다.

"저는 사실 아직도 좀 낯설어요."

"누구는 안 그래? 그래도 해야지. 애들이 우리를 어떻게 쳐다보는지 알지?"

"알죠. 그래서 부담스럽기도 해요."

"그러니까 더더욱 열심히 해야 해. 어쩌면 우리가 저 아이들의 미래일지도 모르니까."

말을 안 해서 그렇지 정마룡도 부담스러운 건 사실이었다.

하지만 그렇다고 피해서는 안 된다고 생각했다.

자신은 물론이고 아이들을 위해서라도 말이다.

그렇기에 정마룡은 더욱더 힘을 내며 열정적으로 아이들을 지도했다.

'내가 관주님께 받은 것처럼.'

눈빛만 봐도 알았다.

모두가 꿈을 위해 이곳을 찾아왔음을 말이다.

그렇기에 정마룡은 허투루 가르칠 수 없었다.

자신과 닮았기에 대충 지도할 수 없었던 것이다.

'나 역시 새로운 목표가 생겼고 말이지.'

무인환생

정마룡이 의미심장한 미소를 지으며 열심히 일을 하고 있는 아이들 곁으로 다가갔다.

자신 역시 한 손 보태기 위해서였다.

그리고 그 옆에는 당연하게도 탁윤이 있었다.

콰아아앙!

연이어 들리는 폭음에 석진호가 뒷짐을 진 채로 뒷마당에 나왔다.

그러자 살벌하게 서로를 몰아붙이는 두 사람의 모습이 눈에 들어왔다.

"나오셨어요, 오라버니."

"좋은 아침이야."

"잘 주무셨어요?"

"나야 뭐, 늘 똑같지."

화사한 홍색 무복을 입고 있는 당하린이 곱게 고개를 숙이며 인사해 왔다.

그 모습에 석진호도 고개를 작게 끄덕였다.

"나오자마자 시작하더라고요."

"호승심이 일 만하지."

석진호가 피식 웃었다.

자신이 알아본 것처럼 둘 다 느꼈을 터였다.

본인과 엇비슷하다는 것을 말이다.

게다가 어제 술 한잔하면서 친구 먹기로 했으니 대련은 어떻게 보면 당연한 결과였다.

"아오!"

또다시 수강을 흘려 내 버리는 기막힌 모용천의 기술에 북궁혁이 얼굴 가득 답답하다는 표정을 지었다.

종이 한 장 차이로 비껴 내는 게 벌써 열 번은 넘어서였다.

빙강기(氷罡氣)라 불릴 만큼 북궁혁의 수강은 지독한 냉기를 담고 있었다.

석진호와 달리 푸르뎅뎅하게 변해 있는 모용천의 표정만 봐도 냉기가 제대로 영향을 끼치고 있음을 알 수 있었다.

그런데 놀라운 건 모용천이 어찌어찌 북궁혁의 공격을 막아 내고 있다는 사실이었다.

쩌어엉!

지금만 하더라도 무지막지한 공력으로 북궁혁이 찍어 누르는 형상이었다.

하지만 그럼에도 모용천은 쓰러지지 않았다.

아슬아슬하게나마 북궁혁의 맹공을 흘려 냈다.

"큭!"

그뿐만 아니라 간간이 날카로운 일격을 찔러 넣기까지 했다.

무인환생

충돌하는 순간 교묘하게 비틀어 버리는 모용세가 특유의 기술에 북궁혁은 눈썹을 꿈틀거렸다.

절묘한 순간에 파고드는 반격에 마지막 일격이 번번이 막히자 짜증이 치솟았던 것이다.

'어제 진호는 잘만 두들겼는데!'

특히 어제 석진호와 모용천의 비무가 계속해서 떠올라 그를 더욱더 짜증 나게 만들었다.

석진호가 보여 주었던 것과 똑같은 방식으로 두들기는데 결과는 너무나 달라서였다.

콰콰콰쾅!

"애 좀 먹을 거다."

시간이 갈수록 표정이 썩어 들어가는 북궁혁의 모습에 석진호가 히죽 웃었다.

그에게는 북궁혁의 속내가 훤히 보여서였다.

"의외로 결판이 쉽게 안 나네요."

당하린이 석진호를 돌아보며 말했다.

사실 그녀는 내심 북궁혁의 승리를 점쳤었다.

보이는 것도 보이는 것이지만 일단 빙공이 지니는 특수성으로 인해 북궁혁이 유리하다고 생각해서였다.

그런데 의외로 모용천은 꾸역꾸역 북궁혁의 맹공을 받아 내고 있었다.

"상극이라서 그래. 혁이는 공력이 막대한 대신 정교함이 떨어지지. 어려서부터 공력의 부족함을 느끼지 못했을 테니까. 힘으로 찍어 누르면 되니 굳이 세밀하게 초식을 펼치고 익힐 필요성을 못 느꼈겠지. 반면에 천이는 반대지. 공력이 여유로웠던 적이 없었을 거야. 그래서 극도로 효율적인 방식을 추구했을 거고. 거기다 모용세가의 검술이 더해졌으니 더욱 까다로워질 수밖에. 이화접목의 이치를 가장 잘 활용하는 무가가 바로 모용세가니까."

콰아앙!

석진호의 말이 끝나는 순간 북궁혁의 장강이 애꿎은 땅바닥을 후려쳤다.

물론 북궁혁이 노린 것은 아니었다.

그는 시종일관 모용천의 전신 요혈을 노렸다.

다만 그 공격을 모용천이 절묘하게 흘려 내거나 비껴 낸 것이었다.

쩌어엉!

아니면 맞받아치거나.

그게 몇 번이고 반복되자 북궁혁이 이를 악물고서 지강을 뿌렸다.

이런 식으로는 끝도 없을 것 같자 공격하는 방식을 달리한 것이다.

"저건 제가 봐도 까다로울 것 같아요."

"저하고도 상극 같은데요."

폭우처럼 쏟아지는 지강도 흘려 내거나 방향을 비틀어 주인에게 되돌아가게 만드는 광경에 당하린이 질린 표정을 지었다.

저렇게 위력적인 지강을 비틀 정도면 그녀의 암기도 소용이 없을 것 같아서였다.

그리고 그건 뒤늦게 뒷마당에 나온 팽나연도 마찬가지인 듯 고개를 절레절레 저었다.

북궁혁처럼 힘 위주로 싸우는 그녀인 만큼 모용천의 방식은 까다로울 수밖에 없었다.

"대련을 하면 느끼시는 게 많을 겁니다."

"그럴 것 같기는 해요."

팽나연이 고개를 주억거렸다.

엄두가 안 나긴 하지만, 힘들겠지만 분명한 건 그녀에게 도움이 될 거라는 사실이었다.

그렇기에 그녀는 눈을 빛내며 두 사람을 주시했다.

"에휴, 끝내자. 이래서는 끝도 없겠다."

"내가 생각하기에도."

폭풍처럼 공방을 주고받던 두 사람이 동시에 멈춰 섰다.

이대로는 끝이 안 날 것 같아서였다.

"무승부인가."

"응. 둘 다 비장의 한 수를 남겨 두기는 했지만."

"나한테는 썼잖아?"

"그렇게 해도 질 걸 알았으니까."

빙백신공을 갈무리하며 북궁혁이 어깨를 으쓱거렸다.

애초에 비무를 시작할 때 북궁혁은 알았다.

자신이 무슨 짓을 하더라도 석진호를 어쩌지 못한다는 사실을 말이다.

비슷한 나이면 방심할 법도 한데 석진호는 그런 게 전혀 없었기에 북궁혁은 일말의 기대도 하지 않았다.

"그래도 포기는 안 하네."

"당연하지. 지금은 네가 좀 더 강할지 모르지만, 나중에는 모르지. 발전과 정체, 퇴보는 늘 함께 움직이니까. 그리고 나는 나 자신을 믿기도 하고."

"나도 마찬가지야. 미래에는 몰라."

술 한잔하면서 친구 먹기로 한 모용천도 투지를 감추지 않았다.

비록 지금은 뒤처질지 모르나 나중에는 달라질 거라 믿고 있는 듯했다.

"도전은 아름다운 법이지."

"마치 결과는 달라지지 않을 것처럼 말한다?"

"그런 건 아니고. 일단 지금은 둘 다 열심히 노력하라고. '지금은' 내가 가장 앞서 있으니까."

"금방 따라잡아 주마!"

북궁혁이 두 눈을 형형히 빛냈다.

옆에 있던 모용천도 말은 하지 않았지만 기세는 똑같았다.

반드시 따라잡겠다는 의욕이 가득한 눈빛으로 석진호를 쳐다봤던 것이다.

"저기."

"모용 공자님."

그때 당하린과 팽나연이 조심스럽게 두 사람에게 다가왔다.

호승심이 은은하게 타오르는 눈빛을 뿌리며 둘에게 말을 걸었던 것이다.

이윽고 넷은 적당히 떨어져서 대련을 시작했다.

"흐음."

그 광경에 석진호가 팔짱을 끼었다.

당하린과 팽나연은 아직 두 친구와 비교하기에는 실력이 많이 떨어졌다.

하나 그렇다고 두 여인이 약한 건 아니었다.

친구들이 비정상적으로 강한 것일 뿐.

"얻는 것도 있겠지. 경험은 많을수록 좋으니까. 특히 저 시기에는."

두 친구와 겨뤄 보았기에 석진호는 누구보다 잘 알고 있었다.

둘 다 절망의 벽까지 얼마 남지 않았음을 말이다.

지금이야 따라잡네 마네 하고 있지만 그 벽을 마주하면 지금과 같은 생각은 할 겨를이 없을 터였다.

절망의 벽을 어찌 뚫어야 할지 고민하기 바쁠 테니까.

"좋을 때지."

절망의 벽에서 수십 번, 세월로 따지자면 수백 년이 넘는 시간을 절망했던 석진호였다.

그렇기에 절망의 벽이 왜 절망의 벽인지, 어째서 그런 이름으로 불리는지 너무나 잘 알았다.

지금이야 통곡의 벽이건 절망의 벽이건 딱히 장애물이 되지 않지만 둘에게는 그 어떤 것보다 거대하고 막막하게 다가올 터였다.

스윽.

네 사람이 대련하는 걸 잠시 지켜보던 석진호는 이내 몸을 돌렸다.

오늘부터 기본 내공심법인 승천심공(昇天心功)을 가르치기로 했기에 관도들에게로 향하는 것이었다.

겸사겸사 채소강의 무공도 봐주고 말이다.

끼잉. 끼이잉.

늑대 삼 형제가 모여 있는 사람들의 눈치를 살폈다.

정확하게는 가장 가까이에 서 있는 흑휘와 석진호의 눈치를 말이다.

누가 뭐래도 이곳의 지배자는 석진호였고, 목장을 관리하

무인환생

는 존재는 흑휘였다.

특히 가축들이나 짐승들을 주로 담당하는 게 흑휘인 만큼 늑대 삼 형제는 몸을 바짝 웅크리며 도도하게 앉아 있는 흑휘를 힐끔거렸다.

쿵쿵!

그런 흑휘의 뒤로 제법 자란 미호가 고개를 좌우로 크게 흔들었다.

차마 흑휘보다 먼저 나서지는 못하고 뒤에서 전전긍긍하는 모습이었는데 늑대 삼 형제는 그 모습에 신경 쓸 겨를이 없었다.

"삼랑이 뒤에 있는 늑대들, 새끼를 밴 것 같은데요?"

심상치 않은 늑대 삼 형제의 울음소리에 석진호와 같이 뒷마당에 온 당하린이 눈을 빛냈다.

걸어 올 때부터 이상하다고 생각했는데 자세히 보니 늑대 삼 형제 뒤에 있는 암컷 늑대들의 배가 불룩 튀어나온 것 같아서였다.

"새끼요?"

"어머머."

당하린의 말에 같이 나왔던 소하정과 채소설이 눈을 빛냈다.

늑대 삼 형제가 꼬물이 시절이었던 게 엊그제 같은데 아빠가 되었다고 하자 둘 다 놀란 것이었다.

"새끼라."

"호오."

그리고 그 말에 북궁혁과 모용천의 눈동자에 이채가 서렸다.

안 그래도 영특한 늑대 삼 형제가 내심 부러웠던 둘이다.

그런데 늑대 삼 형제가 동시에 새끼를 가졌다고 하자 둘은 똑같은 생각을 했다.

"어쩐지 발정기가 왜 안 오나 했는데. 왔는데 티를 안 낸 것이었군."

"야산에 늑대 무리가 있었던 모양이에요. 근데 귀엽네요. 오라버니와 흑휘에게 허락을 받으려 하다니."

당하린이 손으로 입을 가리며 웃었다.

하는 짓이 너무나 귀여워서였다.

그리고 그건 미호와 함께 나온 당아린도 마찬가지인 듯 두 눈을 초롱초롱하게 빛내고 있었다.

만약 석진호나 흑휘가 아니었다면 진즉에 늑대 삼 형제를 껴안을 법한 눈빛으로 말이다.

끼이잉…….

분위기가 나빠 보이지는 않으나 정작 석진호나 흑휘에게서 허락이 떨어지지 않았기에 삼 형제 중 첫째인 청랑이가 납작 엎드린 자세로 눈알만 움직여 둘을 쳐다봤다.

간절한 눈빛으로 석진호와 흑휘를 번갈아 쳐다봤던 것이

武人還生
무인환생

다.

그런 청랑이를 따라 암컷 늑대 세 마리도 조용히 납작 엎드려 있었다.

"흑휘가 있으니 걱정은 크게 안 해도 될 것 같기는 한데."

"새끼를 뱄는데 내쫓는 건 너무 잔인한 거 같다. 더구나 삼랑이들 자식인데."

"나 그렇게 매정한 놈 아니다."

"그래?"

은근슬쩍 입을 열었던 북궁혁이 눈썹을 들썩였다.

지금까지 본 모습을 보면 매정하다는 말이 꼭 안 어울리는 아니어서였다.

비정까지는 아니지만 냉정과 매정이라는 단어는 썩 잘 어울리는 게 석진호였다.

"더구나 삼랑이 정도면 식구지."

월월!

새끼 때부터 정마룡과 함께 시전을 제법 돌아다녀서 그런지 늑대임에도 늑대 삼 형제는 개처럼 짖을 수 있었다.

마치 애교 부리듯이 말이다.

지금도 석진호에게 잘 보이려는 듯이 청랑이가 대표로 짖었다.

"목장 한쪽에 자리를 내주마. 짝과 함께 생활하도록 해. 물론 가축들을 잡아먹는 건 안 된다. 야생과 달리 이곳에는 이곳만의 법칙이 있으니까. 그건 너희가 짝에게 잘 가르치도록 하고. 안 되면 흑휘가 나설 거다."

하아악!

경고를 하려는 듯 흑휘가 송곳니를 드러내며 으르렁거렸다.

그러자 늑대 삼 형제는 물론이고 암컷 세 마리가 몸을 바르르 떨었다.

흑휘의 경고가 장난이 아님을 알 수 있어서였다.

그래서인지 암컷들은 더욱더 몸을 움츠렸다.

"규칙만 지킨다면 앞으로도 계속 지내도 좋다."

늑대들이 무리 생활을 한다는 걸 알았기에 석진호는 굳이 기간을 정하지 않았다.

이미 삼랑이들이 지내고 있을뿐더러 흑휘가 있는 한 문제를 일으키는 녀석은 없을 것이기에 석진호는 크게 걱정하지 않았다.

"새 식구가 생기겠네요."

"삼랑이들의 새끼들이라니. 애기가 애기를 낳는다는 말이 이럴 때 나온 말이구나."

"넌 저게 새끼들로 보이니? 이제는 송아지보다 더 큰데?"

당하린이 황당하다는 얼굴로 동생을 쳐다봤다.

귀엽다고 하기에는 덩치가 너무 컸기에 당하린은 어처구니없다는 표정을 지었다.

무인환생

"내 눈에는 여전히 귀엽거든! 어쨌든 우리 미호는 이제 막 내 탈출이네."

자신을 부른 걸 들은 모양인지 암컷 늑대들의 냄새를 맡던 미호가 당아린을 돌아봤다.

하지만 이내 미호는 다시 암컷 늑대들과 냄새를 교환했다.

앞으로 함께 지내게 되었기에 서로 인사하는 것이었다.

그리고 그 중심에는 흑휘가 위엄 넘치는 자세로 서 있었다.

"흠흠! 진호야."

"새끼 한 마리 달라고?"

"역시 우리의 우정은 깊어. 말도 하지 않았는데 이렇게 내 속마음을 읽는 걸 보면."

"낯간지러운 소리는 그만하고. 두 눈에 탐욕이 그렇게 서려 있는데 모르는 게 더 이상하지 않을까?"

"탐욕이라니."

북궁혁이 무슨 소리냐는 듯이 손사래를 쳤다.

하지만 그 모습에 석진호는 코웃음을 쳤다.

"그럼 달라는 말 안 하겠네?"

"왜 말이 그리로 가? 나는 탐욕이라는 말이 어울리지 않는다고 말하려 했을 뿐이야."

"나도 한 마리 받을 수 있을까?"

그때 모용천도 슬그머니 끼어들었다.

승천무관에 지내면서 흑휘와 늑대 삼 형제, 거기에 당아린이 데리고 다니는 미호를 보고 그도 내심 부러웠었다.

친구처럼 한 마리를 키우면 강호를 돌아다닐 때 외롭지는 않을 것 같아서였다.

그러다가 흑휘처럼 영물이 되면 평생을 같이할 수도 있을 터였고.

"석 공자님, 저도 한 마리 받을 수 있을까요?"

"팽 소저도요?"

"네에."

하지만 모용천이 끝이 아니었다.

말이 나온 김에 팽나연도 한 마리를 받고 싶다는 듯이 가세했던 것이다.

그 모습에 당아린이 손으로 입을 가리고 웃었다.

"허어."

거기다 말은 하지 않았지만 채소설과 채소강 역시 내심 기대하는 눈빛이었다.

개처럼 늑대도 새끼를 대여섯 마리는 무리 없이 낳는 동물이었기에 혹시나 자신들 차례가 오지 않을까 하는 눈빛에 석진호는 당혹스러운 표정을 지었다.

"너무 많아도 관리가 안 될 것 같아서 그래. 겸사겸사 우리가 만난 것도 기념할 겸. 그리고 북해에도 늑대는 있어. 덩치가 삼랑이보다 조금 작기는 한데 대신 사납고 억세."

武人還生
무인환생

"아직 낳지도 않았는데 뭘 거기까지 생각해."

"내가 잘 키울게."

"흠흠! 나도."

슬그머니 한 발 걸치는 모용천의 모습에 석진호가 결국 실소를 흘렸다.

딱 봐도 다들 욕심이 덕지덕지 붙어 있어서였다.

그리고 그 이유는 누가 뭐래도 흑휘일 게 분명했다.

'이미 누구는 시작하기도 했고.'

엄밀히 따지면 시작은 정마룡이 했다.

그런데 문제는 그게 어느 정도 성과를 냈고, 당아린도 따라 했다는 점이었다.

게다가 북궁혁의 말마따나 숫자가 너무 많아지면 감당하기 힘들 터였다.

세 마리씩만 낳아도 총 아홉 마리이니까 말이다.

'이건 좀 고민해 봐야겠군.'

건물 가까운 곳에 땅굴을 파는 늑대 삼 형제를 주시하며 석진호가 턱을 쓰다듬었다.

파도가 잔잔하게 밀려오는 해변에 세 사람이 나타났다.

석진호가 천년자패를 구했다는 말을 우연히 들은 두 명이 자신들도 구해 보겠다며 나선 것이었다.

특히 석진호와 북궁혁에 비해 공력이 부족한 모용천이 가장 의욕적으로 나섰다.

천년자패는 힘들어도 백년자패나 백년홍패, 백년백패는 꽤나 자주 구했다고 하자 모용천이 혹한 것이었다.

"수영이라. 안 그래도 한번 해 보고 싶었지. 북해에도 호수는 있지만 평소에는 거의 얼어 있다시피 하거든. 표면의 얼음을 깨고 안에 들어갈 수는 있지만, 어부들도 그런 무모한 짓은 안 하지. 빙공의 고수도 자연을 상대로 이기긴 힘드니까."

"한마디로 수영할 줄 모른다는 말 아냐."

"정답."

북궁혁이 히죽 웃었다.

첫인상과 달리 상당히 수다스러운 모습에 석진호는 고개를 절레절레 저었다.

그뿐만 아니라 북해 출신이라 그런지 궁금한 것도 많았다.

"나도 수영은 할 줄 몰라. 바닷가 근처에 와 본 건 여기가 처음이라."

"그런데 영물을 구하겠다?"

"산에서 구하는 것보다는 확률이 높다며."

"나야 수공을 대성했으니까."

초롱초롱한 눈빛으로 부담스럽게 쳐다보는 모용천을 향해

무인환생

석진호가 어깨를 으쓱였다.

아무나 구할 수 있었다면 백년홍패가 그렇게 비싼 값에 팔렸을 리가 없었다.

석미룡이 어떻게든 계약을 연장하려 하지도 않았을 것이고.

"기본만 가르쳐 줘, 기본만. 나머지는 우리가 알아서 할게."

"그건 너무 염치없는 말 같은데."

"내 신분이 있지 당연히 공짜로 가르쳐 달라고 할 리가 없지. 지금 북해에서 선물이 오고 있으니까 기다려 봐. 북해에서만 나는 특산품이 오는 중이다. 그동안 얻어먹은 게 있는데 그 값은 해야지. 나 그렇게 파렴치한 놈 아니다."

"……나는 줄 게 마땅히 없는데."

모용천의 얼굴이 어두워졌다.

명문 세가 출신이기는 하지만 이제는 기억하는 이가 별로 없는 몰락한 가문의 주인이었다.

그렇다 보니 먹고살 정도의 돈은 있어도 여유가 그리 많지는 않았다.

턱.

"친구 좋다는 게 뭐냐? 이번에는 내가 한턱 쏘마. 넌 그냥 떡이나 먹어."

북궁혁이 모용천의 어깨에 팔을 올렸다.

그러고는 씨익 웃으며 말했다.

애초에 신분을 보고 친구가 된 게 아니었다.

마음이 맞았기에 친구가 된 것이었지.

게다가 북궁혁은 친구 사이에 쩨쩨하게 이것저것 따지는 성격이 아니었다.

"아무리 그래도 그건 좀……."

"나중에 갚아, 나중에. 우리가 일이 년 볼 사이도 아닌데."

"고맙다."

"그래. 그렇게 나와야지."

북궁혁이 흡족한 표정을 지었다.

하지만 반대로 석진호는 헛웃음을 흘렸다.

어째 분위기가 그를 나쁜 놈으로 몰고 가는 듯해서였다.

"나만 나쁜 놈이지?"

"꼭 그럴 의도는 아니었는데 말이지."

"어느 정도는 있다는 뜻으로 들리는데? 내가 잘못 들은 건가?"

"제대로 들었어."

북궁혁이 히죽 웃었다.

그리고 그 모습을 모용천이 조용히 웃으며 지켜봤다.

친구가 된 지 얼마 안 됐지만 이상하게 이런 풍경이 너무나 익숙했다.

재미있기도 했고 말이다.

무인환생

'다들 뜻이 달라서 그런가.'

처음 술자리에서 셋은 많은 이야기를 나누었다.

어린 시절의 이야기부터 각자가 품고 있는 꿈과 목표에 대해서도 말이다.

그런데 재미있는 건 셋 다 추구하는 게 완전히 달랐다.

북궁혁은 북해빙궁의 소궁주답게 북해의 안정에 가장 큰 목표를 두었다.

과거와 달리 딱히 중원에 욕심이 없었던 것이다.

반면에 석진호는 은퇴 겸 은거 생활을 꿈꿨다.

어떻게 보면 이제 막 강호 초출이라고 해도 과언이 아닌 그가 금분세수(金盆洗手)를 한 노강호인 것처럼 생활하기를 바랐던 것이다.

'둘 다 의외였었지.'

북궁혁은 천고의 기재라는 말이 너무나 잘 어울릴 정도로 대단한 무재의 소유자였다.

비록 석진호로 인해 빛을 바래긴 했지만 말이다.

그래도 천재라 불려도 모자람이 없는 인물이 북궁혁이었는데 의외로 그는 중원 침공에 관심이 없었다.

살 만한데 굳이 피를 흘릴 필요가 있냐는 주의라고나 할까.

그리고 석진호는 아예 무림의 일에 관심이 없었다.

이런저런 은원 관계가 조금 남아 있는 듯하기는 했으나 강호에 뜻은 전혀 없어 보였다.

'그게 참 쉽지 않은데 말이지.'

힘이 없을 때는 참고 인내하는 게 어려운 법이고 힘이 있을 때는 그걸 자제하는 게 어려운 법이었다.

그중 더 어려운 게 힘이 있는데 쓰지 않는 것인데, 석진호가 바로 그러했다.

강호를 위진시킬 능력과 역량이 있음에도 석진호는 조용히 지내길 원했다.

'몇몇 이들은 그게 말이 되는 소리냐고 하겠지만 실제 진호의 실력을 알면 그런 말을 못 하지.'

승천무관의 이름은 이미 전 중원에 퍼져 있는 상태였다.

그래서 길림성에 있던 그 역시 알고 있는 것이었고.

하지만 세간에 알려진 건 그야말로 새 발의 피였다.

진짜 석진호의 실력을 알면 아마 경악할 이들이 한둘이 아닐 터였다.

"뭘 생각을 그리 깊게 해?"

"응?"

"잘 들어. 한 번만 설명할 거니까. 뭐, 둘 다 머리가 똑똑하니 금세 요령을 파악하겠지만."

상념에 빠져 있던 모용천을 끄집어내며 석진호가 알고 있는 수공에 대해 설명하기 시작했다.

예전 정마룡과 탁윤에게 가르친 바로 그 수공을 알려 주었

무인환생

던 것이다.

거기에 손수 시범까지 보여 주었다.

"우읍! 물이 콧구멍으로 들어오는데?"

"호흡을 하지 말아야지. 인간은 물속에서 호흡 못 해."

"숨 안 쉬는데도, 읍파! 들어오는데?"

바닷속에 들어간 북궁혁이 다급하게 소리쳤다.

아직은 발이 닿는 깊이였는데 그럼에도 북궁혁은 물에 빠진 것처럼 팔을 크게 휘저었다.

"숨을 멈췄는데도 콧구멍 속으로 물이 들어온다고?"

"어!"

"손가락으로 코 막아 봐."

물질에 대해서는 눈곱만큼도 모르기에 북궁혁은 석진호의 지시를 고분고분 따랐다.

무공도 무공이지만 수공도 그보다 고수였기에 순순히 지시에 따랐던 것이다.

이윽고 왼손으로 코를 붙잡은 북궁혁이 잠수에 성공했다.

보글보글.

물속에서 눈을 동그랗게 뜬 북궁혁이 석진호를 쳐다봤다.

그 모습에 석진호가 코에서 손을 떼라는 듯이 수신호를 보냈다.

"으헉!"

그런데 손가락을 떼자마자 북궁혁이 시퍼레진 얼굴로 번

개같이 수면 위로 올라왔다.

손가락을 떼는 순간 바닷물이 콧속으로 파고들어서였다.

동시에 북궁혁이 헛구역질을 하며 몸속으로 들어온 바닷물을 배출했다.

"체질상 수영과는 안 맞나 본데?"

"너는 되냐?"

"응. 쉽던데? 처음에는 조금 무서웠는데 하다 보니 적응되더라고."

"끄응!"

북궁혁의 얼굴이 살짝 붉어졌다.

모용천은 되는데 자신은 안 되자 자존심이 상한 것이었다.

그래서 그는 다시 한번 시도했다.

하지만 결과는 마찬가지였다.

"안 되는 모양인데?"

"저런 체질 은근히 많아. 마룡이도 물이랑은 안 맞더라고."

계속해서 도전하는 북궁혁의 모습에 모용천이 안쓰러운 표정을 지었다.

무공도 마찬가지지만 무릇 많은 것들에 재능은 필수였다.

어느 정도의 재능이 있지 않으면 저처럼 고생길이 열렸기에 모용천이 안타까운 눈으로 북궁혁을 쳐다봤다.

"아오!"

무인환생

몇 번이고 도전하던 북궁혁이 답답하다는 듯이 거칠게 팔을 내려찍었다.

그러자 그의 주위로 물결이 크게 일어났다가 가라앉았다.

"방법이 없나?"

"있는데 못 찾는 거지."

"어? 있어?"

"방법이 있다고?"

모용천에 이어 북궁혁이 고개를 돌렸다.

그러고는 석진호의 곁으로 물을 가르며 황급히 다가왔다.

"다른 사람이라면 모르겠지만 너에게는 가능한 방법이 있지."

"그게 뭔데?"

"머리를 써."

"이런 일에도 밀당이냐?"

북궁혁이 헛웃음을 흘렸다.

어째 좋게 말해 주는 법이 없는 것 같아서였다.

"빙공을 놔두고 왜 어리석게 몸으로 때우려고 해?"

"어?"

"콧구멍을 막으면 되잖아. 다른 사람보다 내공 소모가 더 크겠지만, 너에게는 딱히 부담되지 않겠지."

북궁혁이 두 눈을 껌뻑거렸다.

왜 그걸 생각하지 못했나 자책하는 표정이었다.

하지만 이내 그 표정은 사라지고 북궁혁의 콧구멍에 얼음이 맺혔다. 석진호의 말대로 빙공을 이용해 수분을 바짝 얼렸던 것이다.

풍덩!

그러더니 이내 호기롭게 바닷속에 들어갔다.

아까 전과는 달리 너무나 자연스럽게 물속에서 유영하는 모습에 모용천도 웃으며 잠수했다.

"쯧쯧."

언제 짜증을 냈냐는 듯이 바닷속 곳곳을 누비는 북궁혁의 모습에 석진호가 혀를 찼다.

그 좋은 머리를 정작 제대로 활용하지 못하는 것 같아서였다. 두뇌나 재능은 그보다 북궁혁이 훨씬 뛰어난데 말이다.

"푸하!"

"난생처음 본 바닷속 풍경은 어때?"

"끝내준다. 물도 시원하고. 왜 여름에 물놀이를 하는지 알 거 같아. 신기하게 생긴 것들도 많고."

"조개는 말 안 해 줘도 어떻게 생겼는지 알지?"

"그 정도로 내가 촌놈은 아니다."

북궁혁이 눈살을 찌푸렸다.

아무리 그가 북해 출신이라고 하나 조개를 모를 정도는 아니었다.

드물어서 그렇지 북해에도 해산물은 있었다.

武人還生
무인환생

"혹시나 해서."

"북해도 사람 사는 곳이다. 있을 건 다 있어."

"그런 의미로 말한 거 아니다. 그래도 기분 나쁘다면 사과하마."

"크흠!"

북궁혁이 분한 표정을 지었다.

사과를 하니 더는 뭐라고 따지기가 애매해서였다.

대신 북궁혁은 콧김을 내뿜으며 이내 물속으로 들어갔다.

"나도 나온 김에 애들 특식이나 구해 볼까."

순수하게 바닷속을 구경하는 북궁혁과 달리 모용천은 주로 깊은 곳으로 내려갔다.

백년자패급의 영물을 찾는 것이었다.

구경에는 눈곱만큼도 관심 없다는 듯이 벌게진 눈으로 해저를 탐색하는 모용천의 모습에 석진호는 피식 웃으며 물속으로 들어갔다.

해변 근처이기에 백 년짜리는 없겠지만 그래도 운이 좋으면 수십 년 묵은 건 건질 수도 있었다.

'없으면 말고. 여기에 없으면 배 타고 나가면 되니까.'

쪽배도 있고 뱃놀이할 때 만들어 둔 배가 있기에 석진호는 느긋하게 바닷속을 돌아다녔다.

정신없이 두 팔을 휘두르는 둘과 달리 여유롭게 두 다리만 흔들면서 말이다.

부그르르.

한편 모용천은 안력을 집중하며 주위를 빠르게 살폈다.

오래 묵어 보이는 조개를 찾았던 것이다.

주변으로 온갖 다양한 어종의 물고기들이 스쳐 지나갔지만 안타깝게도 모용천의 관심을 끌지는 못했다.

'바닷가인 만큼 백 년 정도 묵은 녀석은 드물 거라고 진호가 얘기했지만 그래도 혹시 모르니까.'

육지에는 영초와 영물을 찾는 이들이 수없이 많았다.

무림인들은 물론이고 지역의 유지, 혹은 부호가 사람을 풀어 영초를 찾았다. 그렇기에 씨가 말랐다는 표현이 나올 정도로 영약은 희귀했다.

반면에 바다는 상대적으로 경쟁이 덜했다.

'천 년 묵은 건 바라지도 않는다. 백 년 정도 묵은 걸로 두어 개 정도만 건질 수 있게 도와다오.'

모용천이 두 눈을 번뜩였다.

다다익선이라는 말처럼 공력은 많아서 나쁠 게 없었다.

더욱이 북궁혁과 겨루고서 공력의 부족함을 절절히 느꼈기에 모용천은 무시무시한 안광을 토해 내며 바다 밑바닥을 샅샅이 뒤졌다.

'오늘 못 구하면 내일이라도…….'

물속을 가르면서 모용천은 간절히 기도했다.

굳이 오늘이 아니더라도 구할 수 있게 조상들에게 빌었다.

무인환생

'흡!'

물론 아직은 수공의 성취가 높지 않아 자주 수면 위로 올라가야 했지만 모용천은 포기하지 않았다.

집념을 보여 주겠다는 듯이 계속해서 올라갔다, 내려가기를 반복했다.

툭툭.

정신없이 바닥을 훑거나 제법 커 보이는 조개들을 들었다가 놓았다가를 반복하는데 등 쪽에서 묘한 감각이 느껴졌다.

누군가가 손가락으로 찌르는 듯한 느낌이 들었던 것이다.

스윽.

그 감촉에 고개를 돌리자 석진호가 너무나 편안한 자세로 떠 있었다. 하지만 그는 이내 다시 고개를 돌렸다.

석진호가 손가락으로 가리키는 곳을 쳐다봤던 것이다.

부그르르!

무엇을 본 것인지 모용천의 입에서 순간 공기 방울이 솟구쳤다.

깜짝 놀라서 자기도 모르게 입을 쩍 벌렸던 것이다.

그러나 이내 그는 황급히 입을 다물고는 전력을 다해 앞으로 쏘아졌다.

제44장 불청객

　슈우우욱!

　모용천이 두 눈을 번뜩이며 두 팔과 두 다리를 쉴 새 없이 놀렸다.

　탐색하면서 그래도 제법 헤엄치는 게 늘었는지 속도가 상당했다.

　다만 한 가지 단점이 있다면 시끄럽다는 점이었다.

　마음이 급해서 그런지, 아니면 과도하게 진기를 사용해서 그런지 모용천이 움직일 때마다 거친 소리가 났다.

　스르르르.

　악영향은 바로 나타났다.

　자신에게 다가오는 걸 느낀 모양인지 오랜만에 은은한 햇

볕을 쬐던 홍색의 큼지막한 조개가 모래 속으로 들어가기 시
작했던 것이다.

그 모습에 모용천은 더욱 빠르게 해류를 갈랐다.

드넓은 모래 속으로 파고들어서 숨어 버리면 찾을 자신이
없기에 더더욱 속도를 냈던 것이다.

'조금만 더……!'

하지만 안타깝게도 그의 손이 닿기 직전 백 년은 거뜬히
넘어 보이던 붉은 조개가 모래 속으로 감쪽같이 사라졌다.

은은하게 흔적을 남기듯 고운 모래만 흩날린 채로 말이다.

'아…….'

간발의 차로 붉은 조개를 놓친 모용천이 망연자실한 표정
을 지었다.

초심자의 행운이라는 말처럼 어쩌면 그에게 생각지도 못
한 행운이 찾아온 걸지도 모르는데 그걸 놓치자 모용천은 마
치 세상이 망한 것 같은 얼굴로 멍을 때렸다.

웅웅웅!

반면에 뒤따라온 북궁혁의 대처는 빨랐다.

붉은 조개가 모래 속으로 숨었다고 해서 포기하지 않았던
것이다.

막대한 진기를 이용해 마치 갈퀴 모양의 강기를 일으켜서
는 그대로 모래를 헤집었다.

숨어 버린 붉은 조개를 찾겠다는 듯이 숨어 버린 곳 주변

무인환생

을 샅샅이 뒤집었던 것이다.

표옹!

크기는 컸지만 예기를 살리지는 않았기에 이런저런 생물들이 뛰쳐나오기는 했어도 죽은 건 없었다.

그리고 그때 간발의 차로 모래 속으로 숨어들었던 붉은 조개가 모습을 드러냈다.

깊은 곳까지 파헤치는 갈퀴에 결국 다시 밖으로 솟구쳐 나온 것이었다.

한데 그 반응이 상당히 기민했다.

쉬이익!

모래 위로 솟구치기 무섭게 큼지막한 붉은 조개는 물살을 가르며 앞으로 쭉쭉 뻗어 갔다.

물고기도 아닌 것이 해류를 직선으로 가르며 순식간에 도주했던 것이다.

쌔애액!

하지만 이번에는 모용천도 가만히 있지 않았다.

두 번은 놓치지 않겠다는 듯이 전력을 다해 헤엄쳤다.

-저거 놓치겠는데?

물속이기에 전음 대신 북궁혁은 심어를 보내왔다.

그가 보기에 속도만 따지자면 붉은 조개가 좀 더 빠른 것 같아서였다.

게다가 이곳은 붉은 조개에게 유리한 바닷속인 만큼 이대로 가다간 또다시 놓칠 가능성이 컸다.

쉬에에엑!

그때 석진호가 허리춤에 있던 칼을 던졌다.

작살을 던지듯 쭉쭉 나아가는 붉은 조개를 향해 힘차게 내질렀던 것이다.

그런데 그 속도가 무시무시했다.

물속임에도 불구하고 전광석화를 방불케 할 정도로 무지막지한 기세를 뿌리며 검이 바다를 갈랐다.

터어엉!

순식간에 모용천을 추월한 철검은 붉은 조개와의 거리도 한순간에 좁히며 껍데기를 강하게 후려쳤다.

그러자 호쾌하게 나아가던 붉은 조개가 순간 비틀거렸다.

충격이 적지 않은지 일직선으로 나아가던 녀석이 이리저리 흔들렸다.

덥석!

그리고 그 틈을 모용천은 놓치지 않았다.

숨이 턱 끝까지 차올랐지만, 당장 수면 위로 올라가고 싶었지만 모용천은 참았다.

대신 붉은 조개의 껍데기를 강하게 후려쳐 확실하게 기절시키고는 곧바로 품에 안고서 수면 위로 올라갔다.

"푸하!"

시뻘게졌던 얼굴이 호흡을 하자 금세 본래의 신색으로 돌아왔다.

뒤이어 그의 근처에서 석진호와 북궁혁도 모습을 드러냈다.

특히 북궁혁은 콧구멍에 박혀 있던 얼음 결정을 콧김으로 가볍게 털어 내며 모용천에게 다가왔다.

"운이 좋았어. 첫날에 그렇게 큰 녀석을 잡게 될 줄이야."

"두 사람의 도움이 없었다면 못 잡았을 거야."

모용천이 살짝 민망한 기색으로 대답했다.

만약 두 친구가 도와주지 않았다면 지금 자신의 품에 있는 녀석을 잡지 못했을 거란 사실을 본인 스스로가 잘 알아서였다.

"알아서 다행이기는 하네."

"일단 해변으로 가서 나누자."

"난 필요 없어."

"나도."

셋이서 잡은 것이나 마찬가지였기에 모용천은 당연히 세 등분으로 나누려 했다.

그런데 북궁혁은 물론이고 석진호도 고개를 저었다.

"어?"

"그거 먹는다고 나는 공력 안 늘어."

"피차일반이다. 정 미안하면 껍데기를 줘. 그게 나름 약재로 사용된다고 하더라고."

모용천이 두 눈을 껌뻑거렸다.

적어도 삼백 년 이상은 족히 묵어 보이는 녀석이었다.

어쩌면 오백 년 가까이 될지도 모르는 영물을 두 사람이 고사하자 모용천은 당혹스러운 표정을 지었다.

"너도 먹어 봤자 효과 없어서 그렇지?"

"어."

석진호가 고개를 주억거렸다.

하지만 그런 두 사람의 호의에도 모용천은 단호하게 고개를 저었다.

셋이 다 같이 잡은 걸 자신이 독식할 수는 없다고 생각해서였다.

"거절하지 말고. 줄 때 받아. 애초에 난 목적이 그게 아닌 거 알잖아."

"초심자의 행운 정도로 생각해. 어쩌면 그게 처음이자 마지막 바다 영물일 수도 있으니까."

"그건 너무 잔인한 말 아냐? 저게 마지막이라니. 천 년짜리도 아니고."

"천 년짜리가 흔한 줄 알아? 저건 진짜 운이 좋아서 발견한 거야. 이런 바닷가 근처에서 구할 수 있는 녀석이 아니라고."

석진호가 혀를 찼다.

천 년 묵은 영물을 너무 폄하하는 거 같아서였다.

물론 발견은 어부들도 할 수 있겠지만 잡는 건 다른 문제

무인환생

였다.

발견했다고 꼭 잡을 수 있는 건 아니었으니까.

"고맙다. 진짜 고마워."

"고마우면 그거 먹고 대련이나 열심히 해 줘. 그게 날 도와주는 거야."

"알았어."

모용천이 촉촉해진 눈으로 북궁혁과 석진호를 번갈아 쳐다봤다.

하지만 그 눈빛에 두 친구의 반응은 똑같았다.

징그럽다는 듯이 순식간에 해변으로 나아갔던 것이다.

특히 석진호는 헤엄도 안 치며 쭉쭉 나아갔다.

"같이 가!"

그 모습에 모용천이 헐레벌떡 둘을 따라갔다.

똑똑똑.

여자 호위 무사를 대동한 채로 당하린이 집무실의 문을 두드렸다. 그러자 안쪽에서 기다렸다는 듯이 석진호의 목소리가 들려왔다.

"들어와."

석진호의 허락에 당하린이 옅게 웃으며 문을 열었다.

그런데 안에는 석진호뿐만 아니라 정마룡과 탁윤도 있었다.

"둘 다 와 있네요."

"저희도 부르셨다고 들었습니다."

"네. 두 사람한테도 드릴 게 있거든요."

"저희에게요?"

정마룡이 얼굴 가득 의아한 표정을 지었다.

그리고 그건 탁윤도 마찬가지인 듯 어리둥절한 얼굴로 당하린을 쳐다봤다.

"일단 앉아."

"예."

석진호의 말에 당하린이 웃으며 빈자리에 앉았다.

그러자 그녀를 보필하듯 따라왔던 여자 호위 무사가 들고 온 상자를 내려놓더니 길쭉한 무언가를 꺼내 네 사람이 앉아 있는 탁자 위에 올려놓았다.

"우선 오라버니부터 드릴게요."

"내 거라고?"

"예. 지금 쓰고 계신 건 오라버니가 사용하시기에 많이 부족한 거 같아서요."

고급스러운 비단으로 휘감겨 있는 물건을 당하린이 석진호를 향해 밀었다.

하지만 석진호는 선뜻 그걸 받지 않았다.

무인환생

대신 의구심이 가득 담긴 눈빛으로 당하린을 쳐다봤다.

"이렇게 뜬금없이?"

"사실 준비는 오래전부터 하고 있었어요. 완성된 게 얼마 전이라서 그렇죠. 두 사람 것도 같이 준비하느라고 시간이 좀 걸렸어요. 한번 열어 보세요."

"갑작스러운 선물이라 당혹스러운데."

"저희 자매를 챙겨 주신 것에 비하면 약소한 선물이에요."

당하린이 싱긋 웃으며 말했다.

그러나 석진호는 그 말에 실소를 흘렸다.

사천당가 여식의 기준에서 약소하다는 말로 들려서였다.

게다가 비단에 감싸여 있지만 무엇인지 짐작하는 건 어렵지 않았다.

"포장부터가 약소해 보이지 않는데."

석진호가 중얼거리며 비단을 풀어 헤쳤다.

그러자 역시나 예상했던 대로 장검 한 자루가 고고한 자태를 뽐냈다.

"본가의 대장간에서 만든 철검이에요. 본가에서 제일가는 장인이 만든 장검으로 여러 가지 금속을 조합해서 만들었기에 여타의 철검과는 확연하게 다를 거예요."

"흠."

자신하는 당하린의 말마따나 검은 나쁘지 않았다.

명품이라 불러도 과언이 아닐 정도로 강도나 균형이 훌륭

했다.

지금 쓰고 있는 검도 나쁘지는 않지만 냉정하게 말해 비교하기 힘들 정도로 말이다.

그리고 석진호는 어째서 당하린이 자신에게 검을 선물했는지 알아차렸다.

'팽 소저가 준 검이라는 게 마음에 안 든 것이겠지.'

당하린은 몰래 쳐다봤다고 생각하겠지만 석진호는 진즉부터 눈치채고 있었다.

어느 순간부터 당하린이 자신의 검을 유심히 쳐다보는 것을 말이다.

정확히 팽나연이 승천무관에 찾아왔을 때부터 그런 시선이 유독 잦아졌기에 못 알아채는 게 이상할 정도였다.

"어떠세요?"

"명품이네. 명검이라 부르기에 부족함이 없는. 근데 나는 병기에 딱히 연연하지 않아서 말이지. 있으면 있는 대로 사용하는 편이라."

"알고 있어요. 그래도 한 자루보다는 예비용으로 하나 더 가지고 있는 게 낫지 않을까요? 미리 길을 들여 놓으면 나중에 편하잖아요."

"그렇긴 한데, 부담스러워서 말이지."

철검을 내려놓으며 석진호가 말했다.

분명 좋은 검이긴 했다.

무인환생

시중에서 쉽게 구하기 힘들 정도로.

그러나 석진호는 딱히 검에 구애받지 않는 경지였기에 평범한 청강검이든 눈앞에 있는 명검이든 크게 상관없었다.

"부담 느끼실 필요 없어요. 다른 뜻 없이 제가 드리고 싶어서 드리는 것이니까요. 그리고 두 사람 것도 있어요."

당하린은 자연스럽게 화제를 돌렸다.

거절의 말이 나오기 전에 그녀는 뒤에 시립해 있던 호위 무사를 쳐다봤다.

"어떤 것부터 꺼낼까요?"

"정 교두님 것부터."

당하린의 말에 호위 무사가 목궤에서 석진호의 검과 비슷한 길이의 물건을 꺼냈다.

그러자 정마룡이 두 눈을 반짝였다.

딱 봐도 무엇일지 짐작할 수 있어서였다.

그래서인지 정마룡은 들뜬 기색을 감추지 못했다.

"제, 제 거요?"

"알게 모르게 저희 자매를 신경 써 주신 거 알고 있어요. 미호도 많이 챙겨 주시고. 그래서 간소하게나마 보답을 하고 싶었어요."

"그 정도까지는 아닌데요."

정마룡이 뒷머리를 긁적였다.

신경 써서 배려한 것은 맞았으나 그렇다고 그게 대단한 것은 아니었기에 정마룡은 살짝 민망한 표정을 지었다.

"이 부분에 대해서는 아린이도 같은 생각이에요. 그러니 부담 갖지 마시고 열어 보세요."

"어……."

정마룡이 석진호의 눈치를 살폈다.

자신이 이렇게 받아도 되나 싶어서였다.

"고생한 건 사실이니까. 시달린 것도 있고. 그러니 열어 봐."

"하하하, 옙!"

시달렸다는 말에 정마룡이 어색하게 웃었다.

차마 부정할 수는 없어서였다.

이윽고 정마룡이 조심스럽게 비단을 풀어 헤치자 한 자루 도가 모습을 드러냈다.

"오라버니께 드린 검과 마찬가지로 본가의 대장간에서 직접 만든 도예요."

"우와……."

정마룡의 표정이 몽롱해졌다.

지금 사용하는 투박한 박도와는 비교도 안 되는 자태에 자기도 모르게 빠져들었던 것이다.

그 모습에 당하린이 흐뭇한 미소를 지었다.

저리 기뻐하니 선물하는 보람이 느껴졌던 것이다.

"열어 보세요."

武人還生
무인환생

"이건······."

정마룡과 마찬가지로 석진호에게 허락을 받은 탁윤이 주먹만 한 크기의 목함을 열었다.

그러자 한 쌍의 수투(手套)가 눈에 들어왔다.

"예전에 오라버니께서 잡으셨던 거대 물뱀의 힘줄로 만든 수투예요. 본가의 비전 기술로 이런저런 가공을 해서 만들었기에 보기와 달리 상당히 질겨요. 검기나 도기가 아니라면 흠집도 안 생길 정도죠."

"이런 걸 제가 받아도 될는지 모르겠습니다."

탁윤이 머쓱한 표정을 지었다.

한눈에 봐도 범상치 않아 보였기에 선뜻 받기가 부담스러웠던 것이다.

그리고 그 말에 정마룡도 퍼뜩 정신을 차렸다.

자신만 너무 넋을 놓고 쳐다봤다는 걸 뒤늦게 깨달은 것이다.

"저희가 받은 것에 비하면 별거 아니에요. 그러니 부담 안 가지셔도 돼요."

"어······. 음."

부드러운 당하린의 말에도 탁윤은 선뜻 대답하지 않았다.

선물로 받기에는 너무 과하다는 생각이 들어서였다.

그래서 그는 자연스럽게 석진호를 쳐다봤다.

"앞으로도 잘 부탁한다는 의미로 생각해 주시면, 안 될까요?"

당하린이 조심스럽게 말을 이었다.

최종 결정권자나 마찬가지인 석진호의 표정을 살피며 눈치를 봤던 것이다.

그 모습에 석진호가 속으로 실소를 흘렸다.

'질투에서 시작된 선물이라.'

당하린이 준비한 세 개의 선물은 갑작스럽기는 했어도 냉정히 따져서 엄청난 것은 아니었다.

사천당가에서 만들어졌다는 사실을 제외하면 특별할 게 없었다.

탁윤을 위해 만든 수투도 엄밀히 따지면 원재료는 그가 제공한 것이었고.

게다가 딱히 욕심을 내지 않는 탁윤과 달리 정마룡은 당하린이 준 선물에 시선을 떼지 못하고 있었다.

'준다는데 굳이 거절할 이유는 없지. 따로 원하는 게 있는 것도 아니니.'

당하린이 어째서 검을 선물했는지 모르지 않았기에 석진호는 피식 웃으며 고개를 끄덕였다.

뇌물이라기보다는 순수하게 선물의 의미가 강했기에 받는쪽으로 결정을 내린 것이었다.

"잘 쓰마."

"저는 그거면 돼요."

무인환생

"감사합니다! 정말 감사합니다!"

"감사히 잘 쓰겠습니다."

당하린과 정마룡의 얼굴이 대번에 밝아졌다.

반면에 탁윤은 담담한 신색으로 목함을 받았다.

새로운 도를 꺼내 보는 정마룡과 달리 탁윤은 착용해 보지 않았던 것이다.

스르릉.

"우와……."

다시 한번 도를 뽑아 본 정마룡이 헤벌쭉 웃었다.

지금껏 사용했던 박도와는 차원이 다른 자태와 날카로움에 정마룡은 입이 귀에 닿을 듯이 찢어졌다.

"입 찢어지겠다."

"저는 이런 도 처음 써 봐요."

"명품이니까 잘 써. 언제 또 그런 도를 얻을 수 있을지 모르니까."

"옙! 헤헤헤!"

굳이 말하지 않아도 신줏단지 모시듯이 애지중지할 게 뻔히 보였다.

근데 결국 병기도 도구였다.

쓰지 않으면 본래의 가치를 잃는 만큼 너무 아끼는 것도 좋지 않았다.

'두 자루의 검이라.'

거의 새거나 마찬가지인 본래의 검도 탁자에 올려놓으며 석진호가 미간을 좁혔다.

갑자기 한 가지 화두가 떠올라서였다.

지금껏 생각해 보지 못했던 것이 떠오르자 석진호는 조용히 상념에 빠졌다.

'시도해 볼 만하겠는데?'

어느새 주변을 잊어버린 듯 혼자만의 세계에 빠져들던 석진호가 입가에 미소를 띠었다.

해 볼 만하다는 생각이 들어서였다.

어쩌면 새로운 돌파구가 될지도 모른다는 생각이 들었고.

'깨달음까지는 아니지만, 시도해 볼 가치는 있겠어.'

석진호는 묘한 표정을 지으며 두 자루의 검을 챙겼다.

그리고 그 모습을 당하린이 아주 흡족한 얼굴로 지켜보고 있었다.

이른 아침부터 뒷마당의 목장으로 사람들이 모였다.

늑대 삼 형제가 판 땅굴에서 어미젖을 먹고 쑥쑥 자란 새끼 늑대들이 엉금엉금 기어 나오자 다들 구경하러 나온 것이었다.

"귀여워! 너무너무 귀여워!"

武人還生
무인환생

"진짜 작다. 완전 꼬물이 같아."

꼬물거리며 기어 나온 새끼 늑대들이 아장아장 걸어 다니는 모습에 당아린은 눈을 떼지 못했다.

무릇 모든 짐승들이 마찬가지겠지만 새끼 때는 뭘 해도 귀여웠다.

그리고 그 옆에서는 팽나연도 쪼그리고 앉아서 새끼 늑대들을 지켜보고 있었다.

끼이잉.

다만 미호만이 주인의 관심이 새끼 늑대들에게로 집중되자 불안한 듯 낮게 울었다.

마치 자신을 봐 달라는 듯이 당아린의 다리에 머리를 비비고 몸을 비볐지만 안타깝게도 그녀의 신경은 오직 새끼 늑대들에게만 향해 있었다.

"의외로 많이 안 낳았어요. 세 마리가 동시에 새끼를 낳았는데 아홉 마리가 전부니."

"누가 늑대 삼 형제 아니랄까 봐 세 마리씩 낳았네."

"그러고 보니 처음 삼랑이들을 찾았을 때도 세 마리였었죠."

다른 이들과는 달리 담담한 얼굴로 서 있는 석진호의 곁에서 정마룡이 처음 늑대 삼 형제를 마주했을 때를 떠올렸다.

그때도 야산에 삼랑이들만 덩그러니 모여 있었었다.

부모는 물론이고 다른 형제들도 없이 말이다.

"운명인 건가."

"내년에도 세 마리씩 낳으면 진짜 운명일지도 모르겠어요."

두 사람이 대화하는 사이에도 새끼 늑대들은 끙끙거리면서도 쉴 새 없이 움직였다.

그간 땅굴에서만 지내던 게 너무나 답답했다는 듯이 말이다.

"먹이는 잘 챙겨 줬어?"

"네. 생선이랑 토끼 고기랑 다양하게 챙겨 줬어요. 보양은 충분히 됐을 거예요."

"잘했네."

"암컷들이 잘 먹어야 새끼들이 먹을 젖도 잘 나오니까요. 특히 삼랑이들이 많이 의젓해졌어요. 예전에는 먹는 걸로 자기들끼리 진짜 많이 싸웠는데 이제는 암컷들에게 양보하더라고요. 사냥도 열심히 해 오고."

목장 한쪽에 땅굴을 만들었지만 늑대 삼 형제는 절대 가축들에게는 다가가지 않았다.

암컷들이 가축들에게 다가가는 것도 막았고 말이다.

대신 형제들끼리 번갈아 가며 뒷산에 올라 사냥을 해 왔다.

"부모가 되면 어른이 된다는 말도 있으니까."

"도련님에게도 해당되는 말 같은데요."

"자꾸 그런 쪽으로는 엮지 말고. 아직 생각 없다니까."

"가끔은 주변도 돌아봐 주세요."

소하정이 의미심장하게 웃으며 말했다.

그러자 두 사람이 귀를 쫑긋거렸다.

듣지 않으려 해도 모여 있는 탓에 자연스럽게 들렸기에 본 능적으로 반응한 것이었다.

"나 이번 생일이 되어야 스무 살이야. 약관이라고. 아직 열아홉 살이고. 근데 벌써부터 이러면 나중에는 어떡하려고 그래?"

"독촉하는 건 아니에요. 제가 어찌 그러겠어요. 단지 혼기 는 놓치지 않았으면 해서요."

"알았으니까 그만해. 우리끼리 있는 것도 아닌데."

석진호가 고개를 절레절레 저었다.

벌써부터 이러니 앞날이 걱정되었던 것이다.

하지만 둘의 대화에 귀를 기울이는 건 두 명밖에 없었다.

"털 색깔이 다 다르네."

"첫 번째 털갈이를 해야 본래 색이 나오지 않나?"

"글쎄. 난 늑대를 키워 본 적이 없어서. 북해에 있는 늑대 들은 죄다 하얀 털을 가지고 있어서."

"데리고 갔다가 따돌림당하는 거 아냐?"

"그러니까 강하게 키워야지. 우두머리가 될 수 있도록. 내 가 키우는 녀석인데 어디 가서 맞으면 안 되지. 차라리 때려

잡으면 모를까."

북궁혁이 오만한 얼굴로 말했다.

적어도 북해에 한해서는 어느 늑대에게도 뒤지는 꼴은 보고 싶지 않았다.

장차 북해빙궁의 주인이 될 그가 키우는 만큼 최소한 북해에서는 최강이 되어야 했다.

"어떤 녀석이 될지는 모르겠지만 앞날이 참 막막하겠다."

"너는 골랐어?"

"운명이 이끌어 주지 않을까 싶은데. 내가 승천무관에 찾아온 것처럼."

모용천이 빙그레 웃었다.

아직 꼬물이라는 말이 어울리는 녀석들이기에 벌써부터 콕 짚어 선택할 생각은 없었다.

충분히 어미와 함께 두다가 인연이 닿는 녀석을 키울 생각이었다.

"주인은 허락하지도 않았는데 벌써부터 너무 헛물 들이켜는 거 아냐?"

"응?"

북궁혁과 모용천이 동시에 석진호를 돌아봤다.

난데없는 말에 둘 다 당황한 것이었다.

석진호는 그런 두 친구의 시선을 받으며 정마룡을 눈짓했다.

"삼랑이들 주인은 내가 아니라 마룡이야. 삼랑이들 역시 그렇게 생각하고."

두 사람이 눈을 끔뻑거렸다.

그러더니 늑대 삼 형제를 쓰다듬고 있는 정마룡에게로 고개를 돌렸다.

애정이 가득 넘치는 눈빛을 주고받고 있는 정마룡의 모습에 둘은 서로를 쳐다보다가 황급히 움직였다.

하지만 둘보다 먼저 움직인 사람이 있었다.

"오빠!"

"응? 왜?"

"나는 이 아이로 할래요! 이름도 정해 났어요!"

"벌써?"

이미 받은 것처럼 당당하게 이름까지 정해 놓았다는 채소설의 모습에 정마룡이 헛웃음을 흘렸다.

허락도 안 했는데 너무 당당한 것 같아서였다.

"나 안 줄 거예요?"

"흐음, 글쎄. 아직 결정하지 않았어."

"우리 사이에 이럴 거예요?"

채소설이 새침한 얼굴로 정마룡을 쳐다봤다.

하지만 정마룡도 만만치 않았다.

이제는 여동생 같은 채소설이었지만 그렇다고 순순히 줄 생각은 없었다.

"어허! 남녀칠세부동석이라는 말도 있는데 우리 사이라니. 그런 말은 함부로 하는 거 아니다. 큰일 나."

"지금 일부러 말 돌리려는 거죠?"

"그럴 리가. 난 꼭 필요한 말이라고 생각해서 한 건데?"

"그래서 안 주실 거예요?"

채소설이 입술을 삐죽 내밀었다.

애태워도 너무 애태우는 거 같아서였다.

더구나 자신은 남도 아닌데 말이다.

"줄게. 같은 식구인데 매몰차게 거절할 수 있나. 대신 잘 키워야 한다?"

"삼랑이들 삼 할은 제가 키웠어요, 오빠."

"하긴."

정마룡이 고개를 주억거렸다.

주인은 그였지만 간식을 주고 제일 많이 놀아 준 건 당아린과 채소설이었다.

그런 만큼 그의 걱정은 쓸데없는 것이었다.

"흠흠! 마룡아."

"우리도 할 얘기가 있는데."

채소설이 물러나기 무섭게 이번에는 북궁혁과 모용천이 다가왔다.

둘 다 어색하게 웃으며 정마룡에게 말을 걸었던 것이다.

그리고 그 뒤로 팽나연이 슬쩍 합류했다.

흑휘만큼은 아니지만 똑똑한 늑대 삼 형제를 보자 그녀도 마음이 동했다.

"세 분도요?"

"응? 세 명?"

"저까지요."

"아."

세 명이라는 말에 북궁혁이 고개를 돌렸다가 팽나연을 보고는 끄덕였다.

자연스레 합류한 그녀를 보자 납득이 되었던 것이다.

"관주님!"

그런데 그때 앞마당 쪽에서 한 명의 관도가 헐레벌떡 뛰어 왔다.

누가 봐도 다급한 얼굴로 석진호를 부르며 달려왔던 것이 다.

"왜 그러느냐?"

"소, 손님이 왔습니다!"

"손님?"

"예! 오, 오대세가에서 왔다고 합니다!"

이어지는 관도의 외침에 새끼 늑대들을 지켜보고 있던 모 두가 고개를 들었다.

생각지도 못한 말에 다들 놀란 것이었다.

"오대세가?"

"예. 지금 대문 앞에서 기다리고 있습니다."

"알았다."

석진호가 몸을 돌렸다.

그런데 다급한 관도의 태도와 달리 석진호는 여유로웠다.

연통도 없이 무작정 찾아온 건 그들이었기에 석진호가 서두를 이유는 없어서였다.

"저도 같이 가요."

"저도요."

"본가에서도 왔을지 모르니까, 저도."

석진호의 곁으로 당하린, 당아린 자매와 팽나연이 붙었다.

오대세가에는 사천당가와 하북팽가도 포함되어 있기에 혹시나 하는 심정으로 세 사람이 따라붙은 것이었다.

그리고 그 뒤로 북궁혁과 모용천도 합류했다.

왠지 모르게 재미있는 일이 벌어질 것 같기에 둘도 은근슬쩍 뒤따랐다.

"소문이 무성했던 것과 달리 허름하네."

"딱 시골 무관 느낌인데."

"관도들 수준도 그렇고."

서른 명은 족히 넘을 법한 무리 중 몇몇이 대놓고 비아냥거렸다.

떠도는 소문과 달리 그리 대단해 보이지 않아서였다.

특히 연무장에서 수련하는 관도들을 쳐다보는 그들의 눈빛에는 조소가 서려 있었다.

보잘것없는 근골도 근골이지만 수련하는 무공의 수준이 형편없었기에 입을 연 몇몇은 실소를 흘렸다.

"말이 심한 것 같소이다."

"우리는 엄연히 손님으로 찾아온 것이오. 게다가 연락도 없이 온 만큼 예의를 지키시오."

"……알겠소."

점점 더 도를 지나치는 말에 남궁수와 팽무건이 눈살을 찌푸리며 입을 열었다.

사실이 그렇다고 하더라도 굳이 그걸 입 밖에 꺼낼 필요는 없다고 생각해서였다.

더욱이 연락도 없이 갑자기 찾아온 것인 만큼 둘은 최소한의 예의는 지켜야 한다고 생각했다.

하지만 이죽거렸던 이들은 생각이 다른지 대답은 했어도 표정은 여전했다.

"나오는구려."

"맨 앞에 있는 자가 천룡검인가?"

"천룡검은 무슨. 진짜 용들은 여기에 있는데."

위풍당당하게 걸어오는 석진호를 발견한 후기지수들이 쑥

덕거렸다.

특히 몇몇은 아예 대놓고 석진호를 깎아내렸다.

그의 실력이 진짜라는 걸 모두가 알고 있지만 그럼에도 그들은 깎아내리는 걸 망설이지 않았다.

석가장이 전부인 석진호와 달리 이곳에는 장차 오대세가의 수장이 될 이들이 모여 있었기 때문이다.

"나연아!"

그때 팽무건과 팽무곤 형제가 앞으로 뛰어나갔다.

석진호와 함께 있는 여동생을 향해 달려 나갔던 것이다.

다음 권으로 이어집니다

우리 교황님 좀 말려주세요

판미손 퓨전 판타지 장편소설

비정상 교황님의
들도 보도 못한 전도(물리) 프로젝트!

이세계의 신에게 강제로 납치(?)당한 김시우
차원 '에덴'에서 10년간 온갖 고생은 다 하고
겨우 교황이 되어 고향으로 귀환했건만……

경고! 90일 이내 목표 신도 숫자를 달성하지 못할 시
당신의 시스템이 초기화됩니다!

퀘스트를 달성하지 못하면 능력치가 도로 0이 된다고?
그 개고생, 두 번은 못 하지!

"좋은 말씀 전하러 왔습니다, 형제님^^"

※주의※ 사이비 아닙니다, 오해하지 마세요!

망한 가문의 검술 천재가 되었다

소구장 퓨전 판타지 장편소설

**역사에서도 잊힌 비운의 검술 천재
최강의 꼰대력으로 무장한 채
후손의 몸으로 깨어나다!**

만년 2위 검사 루크 슈넬덴
세계를 위협하던 마룡을 물리치며
정점에 이른 순간

이대로 그냥 죽어 다오, 나를 위해서.

라이벌인 멀빈 코넬리오에게 목숨을 잃……
……은 줄 알았는데,
200년 후의 몰락한 슈넬덴가에서 눈뜨다!
가족이라고는 무기력한 가주, 망나니 1공자뿐
망해 버린 가문을 살리기 위해
까마득한 조상님이 팔을 걷었다!

**설풍 같은 검술, 그보다 매서운 독설로
슈넬덴가를 정점으로 이끌어라!**